KAI RIEDEMANN

HARMS UND DIE SCHWESTER DES TOTEN

KAI RIEDEMANN

Harms
und die Schwester
des Toten

KRIMI

·HOPF·

Originalausgabe Juli 2024
Text © Kai Riedemann
Copyright © für diese Ausgabe: Verlag Peter Hopf, Minden
Printed in Germany 2024

Korrektorat: Andrea Velten, Factor 7
Buchgestaltung: etage eins, Jörg Jaroschewitz
Titelillustration: © MattiasBokinge@depositphotos.com; Adobe Firefly
Satz: etage eins, Jörg Jaroschewitz
Gedruckt in Deutschland

www.verlag-peter-hopf.com

ISBN 978-3-86305-384-0

INHALT

Kapitel 1

KAPITEL 3

KAPITEL 4

EPILOG

HARMS
und der Tote zwischen Apfelbäumen

HARMS
und die Reise nach Mallorca

KAPITEL 1

Montag, 11. April: *Paul Harms pflanzt Stiefmütterchen, und auch ein Toter kommt in die Erde*

Paul Harms pflanzt Stiefmütterchen. Mit seiner kleinen Schaufel gräbt er Löcher in exakt gleichem Abstand, gießt Wasser hinein, um alles fachmännisch einzuschlämmen, setzt die gelben Stiefmütterchen und tritt die feuchte Erde fest. Bis Ostern muss die Frühjahrsbepflanzung abgeschlossen sein. Es riecht nach Moder, denn der Mutterboden ist frisch. Wie das Grab, das er gerade mit einem Blumenhalbkreis um den Stein bepflanzt. »Für immer unvergessen«, steht in goldenen Lettern auf dem Stein, doch Harms weiß aus Erfahrung, dass dieses »Für immer« oft nur wenige Monate hält. Auf der Grabstätte nebenan wuchern bereits Brennnesseln und Disteln. Dort steckt kein Schild mit der Aufschrift »Pflege«, aber er wird sich trotzdem darum kümmern. Ende der Woche. An seinem freien Tag. Harms ist Friedhofsgärtner aus Leidenschaft.

Gießen muss er die Stiefmütterchen in den nächsten Tagen nicht, denn die Erde ist nass genug von den Regenfällen der letzten Zeit. Typisches norddeutsches Schmuddelwetter. Erstaunlich, dass die Aprilsonne heute so viel Kraft hat.

Harms nimmt seine grüne Kappe ab und wischt sich den Schweiß von der Stirn.

Auf dem Hauptweg des Friedhofs zieht gerade eine Beerdigungsgesellschaft vorbei, von der kleinen Kapelle, an der Trauerbuche vorbei, zum gestern ausgehobenen Grab zwei Reihen weiter. Männer in schlechtsitzenden schwarzen Anzügen, mit polierten Schuhen, die von den Pfützen auf dem Weg bald schlammbespritzt sein werden. Der älteste ist kahlköpfig und trägt verkrampft einen Hut in der Hand, den er vermutlich zwei Jahrzehnte zuvor das letzte Mal aufgesetzt hat. Zwei Frauen gehen zwischen ihnen, den Kopf gesenkt, die schwarzen Röcke für den Anlass zu kurz, die Absätze der Stiefel zu hoch. Harms wundert sich immer wieder, warum die Menschen bei einer Beerdigung oft verkleidet aussehen. Wie bei einem offiziellen Rathausempfang, für den sich die erstmals geladenen Gäste Kleidung kaufen, die ihnen nicht steht und die sie nie wieder anziehen werden. Abendgarderobe, die sie für angemessen halten, obwohl sie keinerlei Erfahrung haben, was angemessen bei solchen Anlässen bedeutet.

Dem Trauerzug folgen zwei Fotografen. Harms kennt sie von früher. Die beiden arbeiten für Lokalblätter und tauchen überall auf, wo sich Sensationelles anbahnt. Mit Halit Erkin, der mal wieder seinen unvermeidlichen grauen Kapuzenpulli trägt, verbindet ihn sogar so etwas wie Freundschaft. Wer wird hier beerdigt? Er hätte es wissen müssen, zumal wohl demnächst Stiefmütterchen gepflanzt werden sollen. Oder nach den Eisheiligen im Mai die Begonien. Oder Tagetes, über die sich am meisten die Wildkaninchen freuen.

Harms setzt die Kappe wieder auf und greift zur Harke, um abgefallene Blätter und Blüten der Stiefmütterchen zu beseitigen und seine Fußspuren auf dem Grab zu tilgen. Soll doch ordentlich aussehen, wenn die Angehörigen zur Kontrolle kommen.

»Arbeiten Sie hier?«, hört er eine raue Stimme in seinem Rücken. Harms seufzt. Ihm liegt eine passende Antwort auf der Zunge, doch er beherrscht sich. Also brummt er lediglich, was so viel wie »Ja, was sonst?« bedeuten kann.

Dann dreht er sich um und blickt dem Frager neugierig ins Gesicht. Der Mann ist zu groß, zu dick, seine Nase ist zu breit und sein Haar zu rot. Jemand, der sich nie in einer Menge verstecken könnte.

»Glaubt ihr immer noch, dass der Mörder heimlich zur Beerdigung seines Opfers kommt?«, fragt Harms.

Der Rothaarige öffnet den Mund, sagt aber nichts. Seine graugrünen Augen weiten sich. Er schluckt.

»Paul?«

»Nett, dass du mich erkennst. Ist immerhin zwei Jahre her.«

»Was machst du hier?«

»Das siehst du doch. Ich pflanze Stiefmütterchen.«

»Warum?«

Harms holt tief Luft.

»Weil ich hier arbeite. Ich bin Friedhofsgärtner.«

»Du bist was …?«

Er spart sich eine Antwort. Hätte eine Lebensbeichte werden können. Warum sollte er ausgerechnet hier und jetzt Kriminalhauptkommissar Uwe Jensen erklären, warum er

Gräber pflegt, statt wie früher Morde aufzuklären? Ganz so absurd ist das sowieso nicht. Schließlich hat er nach dem Abitur eine Gärtnerlehre gemacht. Vor der Polizeikarriere.

Während die Sonne hinter der riesigen Trauerbuche auf dem Hauptweg verschwindet, nimmt er seine Harke, die Pflanzschaufel und die leere Plastikkiste, in der die Blumen waren, und tritt über die Lebensbaumhecke hinweg auf den matschigen Weg. Er schüttet den Rest Erde aus der Kiste aufs Grab, harkt an der Hecke entlang, schließlich ein paar Mal quer, damit ein Muster entsteht. Jensen steht schweigend daneben.

»Ist dir irgendwas aufgefallen?«, fragt der Kriminalhauptkommissar schließlich.

Harms zuckt mit den Schultern.

»Was sollte mir auffallen? Ich habe Stiefmütterchen gepflanzt.«

»Gar nicht neugierig, wer da beerdigt wird?«

»Das geht mich nichts an.«

»Auch wenn der Mann ermordet wurde?«

»Das geht mich noch viel weniger an.«

Er wirft trotzdem einen Blick auf die Menschen, die zwei Reihen weiter still am offenen Grab stehen. Der Kahlköpfige stützt jetzt die ältere Frau, während die jüngere ihr Gesicht hinter einem weißen Taschentuch verbirgt. Sie weint. Auf der Bank unter der Trauerbuche entdeckt Harms eine weitere Frau, die scheinbar völlig versunken in einem Buch liest. Kriminalkommissarin Mariella Pelanda. Um ihre schwarzen Locken, die sonst kaum zu bändigen sind, trägt sie ein rotes Stirnband, eine Sonnenbrille rundet den Auftritt ab. Sein ehemaliges Team war nie gut im dezenten Observieren. Harms seufzt wieder, nimmt die Plastikkiste unter den Arm und stapft durch die Pfützen in Richtung Friedhofsgärtnerei. Uwe Jensen blickt ihm nach. Dann fährt er sich mit der linken Hand durch die struppigen roten Haare und geht zurück auf den Hauptweg, um weiter die kleine Trauergesellschaft zu beobachten.

Paul Harms hingegen pfeift still vor sich hin, während er Harke und Pflanzschaufel an ihren Platz im Geräteschuppen stellt. Warum sollte ihn der offenbar mysteriöse Tod eines Mannes interessieren, der gerade hundert Meter entfernt unter die Erde gebracht wird? Inzwischen gibt es für ihn Wichtigeres im Leben. Wie die Tatsache, dass er die grüne Gießkanne auf dem Grab vergessen hat.

Dienstag, 12. April: *Wichtiges liegt im Altpapier, und Harms hat eine Vision*

»Du solltest das nicht lesen«, sagt Karla Harms. Er liest trotzdem weiter. Ein stümperhaft geschriebener Artikel einer freien Mitarbeiterin, die offenbar nicht mal vor Ort war und ihre Informationen aus zweiter Hand vom Fotografen Halit Erkin hat. Immerhin weiß er jetzt, wer da beerdigt wurde. Hendrik Rasmussen, 27 Jahre alt, Politologiestudent. Opfer eines Verkehrsunfalls mit Fahrerflucht. Jetzt erinnert sich Harms auch wieder an den Fall. Muss vor zwei Wochen gewesen sein. Auf dem Foto sieht man den Kahlköpfigen mit dem Hut in der Hand. Der Vater des Opfers. Die Frauen mit den zu kurzen Röcken sind seine Mutter und seine

Schwester. Im Hintergrund steht Uwe Jensen und bemüht sich vergeblich, unauffällig zu wirken.

»Interessiert dich die Sache wirklich?«, fragt Karla und gießt ungefragt Kaffee nach.

»Natürlich nicht.«

»Aha.«

Er faltet die Zeitung zusammen und legt sie neben seinen geblümten Frühstücksteller. Vom Brötchen hat er erst zwei Mal abgebissen, die Schüssel mit Müsli und Joghurt ist unberührt.

»Nicht ›Aha‹. Ich war in der Nähe, als er beerdigt wurde. Da wird man ja wohl nachlesen dürfen, wer er war.«

»Aha.«

Paul Harms seufzt. Sinnlos, seiner Frau etwas vormachen zu wollen. Nach 22 Jahren Ehe kennt sie ihn besser als er sich selbst.

»Haben wir die Zeitungen von den letzten zwei Wochen?«, fragt er also.

»Im Altpapier. Ich schau mal.«

»Mach ich schon selbst.«

Sie zuckt mit den Schultern, beißt in ihr Vollkornbrötchen mit Zartbitterschokocreme und lehnt sich am Küchentisch zurück. Dann nimmt sie das Brötchen ihres Mannes. Er wird es doch nicht essen. Sie weiß das aus leidvoller Erfahrung.

»Du bist jetzt Friedhofsgärtner und kein Ermittler«, ruft sie ihm nach. Er hört es nicht mehr, weil er im Rattankorb mit dem Altpapier wühlt.

Wenig später verschwinden Müslischüssel, Kaffeebecher und Frühstücksteller unter aufgeschlagenen Zeitungen. Er hat einige Artikel akkurat ausgeschnitten, mit Datum versehen und wichtige Passagen rot unterstrichen. Genau wie früher. Auf seinem Schoß liegt der Laptop, um in weiteren Artikeln und den offiziellen Polizeimeldungen recherchieren zu können. »Lass das!«, sagt Harms zu Harms. »Das bringt dir nur Ärger ein.« Aber er hört nicht auf sich.

Karla Harms hat sich inzwischen umgezogen. Sie trägt ein schwarzes Sportshirt mit Leggings, die langen blonden Haare sind zu einem Pferdeschwanz zusammengebunden. Ihr Gesicht wirkt dadurch schmaler.

»Ich nehme an, du kommst heute nicht mit auf unsere Kleingartenrunde?«

Er brummt.

»Uwe und Mariella waren am Grab«, sagt er. »Da muss mehr dahinterstecken.«

»Das geht dich nichts mehr an, oder?«

»Richtig, das geht mich nichts mehr an.« Überzeugt klingt es nicht.

Sie schnürt ihre Sportschuhe zu, holt tief Luft und schließt leise die Küchentür.

Paul Harms liest weiter. Nein, ein Unfall mit Fahrerflucht war das nicht. Die Fakten sprechen dagegen. Die Kriminalpolizei würde in so einem klaren Fall nicht ermitteln. Sein Kopf setzt die verschiedenen Informationen aus den Zeitungen und Meldungen zusammen. Ein Puzzlespiel. Dann läuft plötzlich wieder einer jener Filme ab, die ihm früher die Ermittlungen leichter gemacht haben und das Leben schwerer. Gabe und Fluch zugleich. Paul Harms sieht alles vor sich.

Sonntag, 4.45 Uhr. Es regnet. Im nassen Asphalt spiegeln

sich die roten und grünen Lichter der Ampeln. Eine Leuchtreklame des Supermarkts an der Ecke flackert hektisch. Hendrik Rasmussen muss nur noch 300 Meter bis zu seiner Wohnung im Theodor-Heuß-Weg zurücklegen. Seine Kleidung ist vom Dauerregen durchnässt. Er friert, denn er hat keine Jacke an, und in der Nacht ist die Temperatur empfindlich gefallen. Zwei Jugendliche in gefütterten Kapuzenhoodies stehen vor dem Geldautomaten der Sparkasse auf der anderen Straßenseite, sonst ist die Kreuzung menschenleer. Rasmussen geht schneller. Vorbei am ehemaligen Orient-Grill, dessen Schaufenster mit Plakaten zugekleistert ist. Der Mond versteckt sich hinter schweren Wolken. Ein leichtes Vibrieren der Steinplatten lässt erahnen, dass unter der Straße gerade eine U-Bahn über die Schienen rumpelt. Sie hält. Bald werden Fahrgäste aus der Station kommen, ihre Schirme aufspannen und weiter durch den Regen hetzen. Nachtschwärmer, Schichtarbeiter, Einsame.

Rasmussen überquert den Kreisel, der ihn von seiner Wohnung trennt. Vor dem vietnamesischen Restaurant daneben tropft das Wasser von den zusammengestellten Tischen, Bänken und Stühlen. Der Fußweg ist hier breit. Während die ersten Menschen aus der U-Bahn in den Regen treten, nähert sich ein silbergrauer Wagen aus Richtung Eichenkamp. Kein Aufheulen des Motors, kein lautes Quietschen der Reifen. Der Elektro-BMW beschleunigt fast lautlos. Rast genau auf Rasmussen zu. Quer über den Kreisel. Er reißt Stühle des Restaurants um, schrammt an einem Blumenkübel vorbei und erfasst den Studenten voll. Rasmussen wird durch die Luft geschleudert, landet auf dem nassen Asphalt, aber der Wagen setzt zurück und überrollt ihn erneut. Keine Chance. Die

Menschen unter ihren Regenschirmen schreien. Die schweren Wolken geben den Mond wieder frei.

Paul Harms zittert. Er kennt solche Filme, die in seinem Kopf ablaufen. Als wäre er tatsächlich dabei gewesen. Er schwitzt. Raus, er muss jetzt einfach raus, um das zu vergessen. Es darf ihn nicht wieder so erwischen wie damals bei seinen Ermittlungen. Sonst wäre die Entscheidung, den Dienst zu quittieren, sinnlos gewesen.

Wie lange ist Karla schon unterwegs? Harms blickt auf seine Uhr. Seit seine Frau leise die Küchentür schloss, sind 15 Minuten vergangen. Umziehen. Er muss sich umziehen und ebenfalls durch die Kleingärten laufen. Den Kopf wieder freibekommen. Er zieht seine Sportsachen an, bindet die Laufschuhe zu, bleibt im Flur vor dem Spiegel sehen. Ein blasses Gesicht blickt ihn an. Rotfleckig, Schweißtropfen auf der Stirn. Die dünner werdenden blonden Haare kleben am Kopf. Andere sehen mit 45 fitter aus. Seine Augen sind aufgerissen und wirken größer, weil seit einem Jahr die Wimpern und Augenbrauen ausfallen. Du musst mehr essen, fällt ihm ein. Jedenfalls sagt Karla das immer. Nicht mehr an die Szene auf dem Kreisel des Theodor-Heuß-Wegs denken. Nicht an den leblosen Körper, den der gestohlene BMW iX3 ein zweites Mal überrollt. Es war tatsächlich keine Fahrerflucht. Es war Mord.

Donnerstag, 14. April: *Buchsbaumzünsler treiben ihr Unwesen, und eine Frau weint*

Paul Harms pflanzt keine Stiefmütterchen. Er muss sich um eine Hecke kümmern, die von Buchsbaumzünslern abgenagt wurde. Gewissermaßen bis auf die Gräten. Nur ein kahles graubraunes Geäst ragt aus dem Boden, mit feinem Gespinst überzogen. Die grünen Raupen des Falters sind unersättlich und breiten sich immer weiter aus. Eingeschleppt, wohl aus China. In Kürze wird es wohl auch auf diesem Friedhof keine Buchsbaumsträucher mehr geben.

Harms reißt die trostlosen Reste aus der Erde. Wenigstens eine sinnvolle Tätigkeit, denn anschließend wird er eine neue Hecke aus Lebensbaum pflanzen. Den Boden am Grab lockern, mit Kompost auffüllen. Das lenkt ab. Immer noch schwirren die Bilder aus dem Theodor-Heuß-Weg durch seinen Kopf. Der lautlos heranrasende Wagen, der leblose Körper auf dem Asphalt. Nein, übersinnliche Fähigkeiten hat Harms nicht. Die Filme, die vor seinen Augen ablaufen, fügen lediglich alle Details zusammen. Einzelbilder, die sich zu einem neuen Ganzen verbinden, so lebendig und plastisch wie die Wirklichkeit. Keine Vision, sondern das Ergebnis von Tatsachen. Hendrik Rasmussen wurde in Tötungsabsicht überrollt, das steht so bereits in den Polizeimeldungen.

Bei den Kollegen von der Mordkommission hieß Harms trotzdem »Spökenkieker«. Es hat ihn nicht gestört, denn im Norden klingt diese Bezeichnung fast schon liebevoll. Spökenkieker. Geisterseher. Hellseher. Der Spott der anderen Ermittler tat nicht weh, doch die Filme selbst schmerzten immer mehr. Wenn er nach dem Lesen der Obduktionsberichte und Tatortprotokolle plötzlich die Qualen des Opfers erlebte. Wenn er zum Greifen nahe sah, wie sich das Messer in einen Hals bohrte, wie Mädchen vergewaltigt und gefoltert wurden. Das hält man nicht aus.

Wütend reißt Harms einen weiteren Teil der Buchsbaumhecke aus der schwarzen Erde. Nicht daran denken. Nur nicht wieder daran denken. Ein Marienkäfer schwirrt vorbei und setzt sich auf seinen linken Arm. Der Friedhofsgärtner hält inne, betrachtet ruhig atmend, wie der Käfer langsam über seine Hand krabbelt, um dann wieder die schwarz gepunkteten Flügel zu entfalten und weiterzufliegen. Harms folgt ihm mit den Augen. Dabei entdeckt er die Frau in der nächsten Grabreihe. Sie trägt ein schwarzes eng anliegendes Kleid, ihre langen dunklen Haare verdecken das Gesicht. Sie steht am Grab von Hendrik Rasmussen und hat einen Blumenstrauß in der Hand.

Bei der Beerdigung gehörte sie nicht zum Trauerzug, da ist sich Harms sicher. Die Frauen mit den zu kurzen Röcken waren kleiner. Eine Freundin, die erst jetzt vom Tod erfahren hat?

»Ist dir irgendwas aufgefallen?«, hört er wieder die raue Stimme von Uwe Jensen. Misch dich nicht ein, sagt seine eigene innere Stimme. Reicht doch, dass du gestern diesen Rückfall hattest. Die Geschichte geht dich nichts an.

Harms richtet sich trotzdem auf, klopft nasse Erde von den Händen und geht auf die Frau zu. Sie scheint ihn nicht zu bemerken. Sie weint.

»Entschuldigung«, sagt er leise. »Sind Sie eine Angehörige?«

Sie starrt ihn verständnislos an. Ihre dunklen Augen glänzen feucht. Der schmale Mund ist zusammengekniffen, ihre Wangenknochen stehen vor.

»Ich … Ja, das heißt … nein. Ich bin …« Sie sucht nach Worten.

»Entschuldigen Sie nochmals, es war der falsche Moment. Es ist nur, weil in der Verwaltung nichts über Grabpflege und Bepflanzung vorliegt.«

Harms könnte sich ohrfeigen. Dümmer hätte er die Sache nicht angehen können. Was ist aus seinem Feingefühl bei Befragungen und Verhören geworden?

Die Frau versucht zu lächeln. Es misslingt.

»Die Familie wird sich bestimmt darum kümmern. Ich bin … eine gute Freundin. Danke.«

Sie wirft mit einer energischen Kopfbewegung die langen dunklen Haare in den Nacken. Dann geht sie, in der linken Hand das zerknüllte Papier, in dem der Blumenstrauß eingewickelt war.

Verpatzt. Verdacht dürfte sie dennoch nicht schöpfen. Schließlich ist er der Friedhofsgärtner, verschwitzt und mit schmutzigen Fingernägeln, den grünen Arbeitsoverall voller Erde. Er blickt ihr nach und sieht, wie sie das Blumenpapier in den nächsten Abfallkorb wirft.

Erst als die Frau hinter der alten Trauerbuche verschwunden ist, bückt sich Harms und betrachtet den Strauß genauer. Lilien, rote Rosen, Ranunkeln, Schleierkraut, Efeu. Nicht geschmackvoll, aber üppig. Zwischen den Blüten steckt eine kleine Karte. Nein, misch dich nicht ein, sagt wieder seine innere Stimme. Er tut es trotzdem. Auf der Karte steht in

Druckbuchstaben »Bitte verzeih mir. Das habe ich nicht gewollt«.

Im Kopf von Paul Harms läuft kein Film ab. Aber er spürt ein Kribbeln, das sich unter der Schädeldecke breitmacht und über den Nacken die Schultern erfasst. Der Spökenkieker hat Witterung aufgenommen.

Donnerstag, 14. April: *Paul Harms kauft einen Strauß, und ein Blumenhändler macht ihn zum Rentner*

Blumen Lüders Süderbüttler Straße, Stadtteil Kollbek. Schönes für Haus, Garten und Friedhof. Die Sträuße im Schaufenster wirken allerdings kaum geschmackvoller als das Exemplar vom Grab Hendrik Rasmussens. Harms kann das mittlerweile beurteilen. Er wird hier trotzdem Blumen für Karla kaufen. Unfreiwillig. Das zerknüllte Papier im Abfallkorb hat ihn hierhergeführt. Der altertümliche Schriftzug »Blumen Lüders«, verschnörkelt und mit einer Tulpe anstelle des »u«. Noch fällt ihm nichts ein, wie er das Gespräch unauffällig auf die Unbekannte lenken könnte. Er vertraut da ganz auf seine Intuition, obwohl die ihn am Grab im Stich gelassen hat.

Eine Glocke ertönt, als er den Laden betritt. Der ist überraschend dunkel, trotz der großen Schaufenster, an denen Wasser kondensiert. Die Luft riecht feucht und fast so moderig wie der frische Mutterboden auf dem Friedhof. Harms zieht die Nase kraus.

»Was kann ich für Sie tun?« Er hat den Mann nicht kommen hören, der plötzlich leicht gebückt neben ihm steht.

Offenbar war der irgendwo zwischen den hohen Grünpflanzen auf der rechten Seite beschäftigt.

»Einen Strauß für meine Frau. Zum Geburtstag.«

»Rosen?«

»Eher gemischt.«

»Wie viel soll er kosten?«

»Sagen wir, so um die 20 Euro.«

Der Mann zieht die Augenbrauen hoch und legt seine ohnehin zerknitterte Stirn in weitere Falten. Vielleicht rechnet er gerade aus, wie es um die Ehe bei einem Strauß für 20 Euro bestellt ist.

»Sie sind nicht von hier, oder?«

»Anderer Stadtteil. Aber eine Freundin hat Sie empfohlen.«

»Ach.« Die Neugier des Mannes hält sich in Grenzen.

»Sie hat hier heute einen besonders schönen Grabstrauß mit Lilien und Rosen gekauft.« Besonders schön? Harms lügt, ohne dabei rot zu werden.

»Ein Grabstrauß? Das muss Jannika gewesen sein.«

»Genau. Jannika. Lange dunkle Haare, auf dem Friedhof hatte sie heute ein enges schwarzes Kleid an. Wusste gar nicht, dass sie Hendrik Rasmussen kannte.«

»Wer ist das?«

»Offenbar ein gemeinsamer Freund, der tödlich verunglückt ist. Sehr tragisch. Wohnt sie eigentlich noch hier um die Ecke?«

»Wohnte sie nie. Jedenfalls nicht zu meiner Zeit.« Dabei steckt er rote Rosen und gelbe Gerbera fachkundig, aber ohne Geschmack zu einem Strauß zusammen.

»Soll ich es mit Grünzeug binden?«

Harms schluckt.

»Ja, bitte.«

»Warten Sie, jetzt fällt es mir wieder ein. Jannika Sternberg wohnte mal bei ihren Eltern in der Friedrichsallee, zwei Straßen weiter. Wo sie jetzt wohnt, weiß ich nicht.«

»Ach, richtig. Friedrichsallee. Na, ich muss sie mal wieder anrufen, nachdem wir uns zufällig auf dem Friedhof getroffen haben.«

»Machen Sie das.« Der Mann zwinkert Harms zu. »Ist ein verdammt attraktives Mädel, oder?« Dann fällt ihm wieder ein, dass der Blumenstrauß für den Geburtstag der Frau gedacht ist. Auch wenn er nur 20 Euro kostet. »Aber natürlich nichts mehr für unsere Altersklasse.«

Harms legt 20 Euro auf den Tresen, nimmt wortlos den Strauß, der wieder in das altmodische »Blumen-Lüders«-Papier eingewickelt ist und verlässt den Laden. Unsere Altersklasse? Der Mann sieht so verwelkt aus wie die meisten seiner Grünpflanzen hinter den beschlagenen Schaufensterscheiben. Mindestens wie 70.

Harms ist trotzdem zufrieden. Jannika Sternberg. Er würde Uwe Jensen anrufen und ihm diese Neuigkeit mitteilen. Niemand schreibt »Bitte verzeih mir« auf eine Grabkarte, wenn es da kein dunkles Geheimnis gibt.

Samstag, 16. April: *Heidelbeer-Mascarpone-Torte erweist sich als segensreich, und ein Riesenbaby klärt auf*

Der Latte Macchiato im »Segensreich« schmeckt lecker. Deshalb haben sie das kleine Café im Gemeindehaus als

Treffpunkt gewählt. Uwe Jensen und Mariella Pelanda lassen sich immer gerne von den Vorzügen einer Kaffeepause überzeugen, und für Harms ist es sowieso die bequemste Lösung, weil das »Segensreich« genau zwischen Nikolaikirche und Friedhof liegt. Durch die große, voll verglaste Front können Gäste die Spitzen der Zypressen und das Dach der kleinen Kapelle hinter der Begrenzungsmauer sehen.

Um diese Zeit ist das Café leer, Hochbetrieb herrscht nur bei Taufen, Hochzeiten und Beerdigungen. Ein Ort fürs ganze Leben und darüber hinaus. Die Schiefertafel neben dem Eingang preist Heidelbeer-Mascarpone-Torte, Butterkuchen und Würstchen mit Kartoffelsalat an.

»Die Sache mit Jannika Sternberg bringt uns momentan nicht weiter«, sagt Uwe Jensen. Er hat sich in einen der Stühle gezwängt und fühlt sich darin sichtlich unwohler als seine zierliche Kollegin. Obwohl das Gemeindehaus erst vor zwei Jahren neu gebaut wurde, wirkt die Einrichtung wie ein Überbleibsel aus den 1960er-Zeiten. Winzige Stühle und Tische, eine Spielecke mit Pixibüchern für die Kleinen, ein abgeteilter Tresen, der eher an einen Kiosk oder eine Kantine erinnert.

»Die Karte mit dem ›Bitte verzeih mir‹ war übrigens nicht mehr da. Die Frau muss wohl erkannt haben, dass das ein Fehler war und ist zurückgekommen.«

»Die Karte war aber da.«

»Klar, Paul. Glaube ich dir ja.«

»Habt ihr sie befragt?«

»Hätten wir gerne. Sie ist weg.«

»Wie weg?«

Jensen zuckt mit den Schultern. Eine akrobatische Leistung, so beengt, wie er da am Tisch sitzt. Riesenbaby haben ihn die Kollegen hinter seinem Rücken immer genannt, Mariella mit ihrem wuscheligen Lockenkopf musste mit dem Spitznamen Pumuckl leben. Zusammen waren sie trotzdem ein gutes Team. Vielleicht haben sie Harms deshalb um dieses Treffen gebeten, obwohl das gegen alle Dienstvorschriften verstößt.

»Die Fakten.« Jetzt referiert Kriminalkommissarin Pelanda. »Jannika Sternberg ist 25 Jahre alt und studiert Politik. Genau wie Hendrik Rasmussen. Vermutlich haben sie sich an der Universität kennengelernt. Das muss vor zwei Jahren gewesen sein. Sagt Holger Rasmussen. Der Vater des Toten.«

»Hat er sie bei euren ersten Befragungen gar nicht erwähnt?«

Jensen schüttelt den Kopf. »Du erinnerst dich doch daran, wie er bei der Beerdigung wirkte.«

»Der steife Kahlköpfige mit dem Hut in der Hand.«

»Genau. Die Eltern sind merkwürdig verschlossen und verhärmt. Für sie hat diese Jannika nie existiert. Passte nicht zu ihrem Hendrik. Warum auch immer. Sie waren froh, als es aus war. Vor einem halben Jahr hat Jannika Sternberg die Freundschaftsverbindung aufgekündigt.«

Paul Harms unterdrückt ein Grinsen. So eine Formulierung kann nur Uwe Jensen wählen.

Die Bedienung bringt gerade drei Teller mit Heidelbeer-Mascarpone-Torte, stellt sie ziemlich ungeschickt neben die Latte-Macchiato-Gläser und verschwindet wieder wortlos hinter dem Ausgabetresen. Paul weiß, dass hier im

Café »Segensreich« kein Personal mit Gastronomie-Erfahrung arbeitet. Macht die Sache für ihn ausgesprochen sympathisch.

»Und was sagen Jannikas Eltern? Der Blumenhändler meinte, dass sie in der Friedrichsallee wohnen.«

Jensen kaut und spült mit Kaffee nach.

»Das ist die nächste Merkwürdigkeit. Sie sind tot. Gestorben bei einem Verkehrsunfall vor einem halben Jahr.«

»Verkehrsunfall?«

»Ich weiß, was du jetzt denkst, Paul. Aber es gab damals keinerlei Anzeichen für Fremdeinwirkung. Maik Sternberg stand unter Alkoholeinfluss und hat auf der Landstraße nach Kruckhorn die Gewalt über sein Fahrzeug verloren.«

Wieder eine typische Jensen-Formulierung. Könnte aus einem Polizeiprotokoll stammen.

Paul Harms stochert in seiner Heidelbeer-Mascarpone-Torte herum, deren Boden überraschend hart ist. Dann blickt er hinaus auf den gepflegten Rasen vor dem Gemeindehaus. Zwei Wildkaninchen hoppeln vorbei. In diesem Fall gibt es für seinen Geschmack zu viele Zufälle und Rätsel. Jannikas Eltern sterben bei einem Verkehrsunfall. Vor einem halben Jahr. Jannika kündigt Hendrik Rasmussen die Freundschaft. Vor einem halben Jahr. Rasmussen stirbt. Ebenfalls bei einem Verkehrsunfall.

»Du sagtest vorhin, Jannika Sternberg ist weg?«

»Ihre Meldeadresse liegt im Stadtteil Westerhude. Hassestieg 27.«

»Eine WG-Wohnung«, ergänzt Mariella Pelanda und zieht geringschätzig die dichten Augenbrauen hoch. »Aber dort war sie in den letzten Monaten selten. Seit etwa 14 Tagen gar nicht mehr.«

»Sagen die Mitbewohner?«

»Sagen die Mitbewohner. Ihre Sachen sind da. Wir haben an der Universität nachgefragt. Auch dort hat sie zuletzt keiner in den Seminaren gesehen.«

Paul Harms nippt an seinem Latte Macchiato. Schmeckt bitter. Vielleicht ist der Kaffee schon zu sehr abgekühlt. Westerhude. Das liegt auf der anderen Seite der Stadt. Weit entfernt von Blumen Lüders. Warum fährt sie so weit, um einen hässlichen Grabstrauß zu kaufen? Aus purer Gewohnheit, weil ihre Eltern dort gewohnt haben?

Jannika Sternberg steht vor den beschlagenen Scheiben des Blumenladens. Sie trägt schon ihr enges schwarzes Kleid, weil sie anschließend zum Friedhof will. Es regnet. Sie zögert. In ihrer Tasche steckt die Karte mit den Worten »Bitte verzeih mir. Das habe ich nicht gewollt«. Sie blickt durch die blinde Schaufensterscheibe ins Innere des Ladens und sieht schemenhaft hoch aufragende Grünpflanzen. Sie ...

»Paul.«

»Ja. Was ist?«

»Nicht wieder.«

»Entschuldige, Uwe.«

»Wir müssen sowieso los. Wir nehmen den Unfall der Eltern genauer unter die Lupe und suchen weiter nach Jannika Sternberg.«

»Viel Glück«, sagt Paul. Der Latte Macchiato ist endgültig kalt. Die Torte hat sich unter seiner Gabel in eine krümelige dunkle Masse verwandelt. Fast wie die Erde auf den Gräbern.

Sonntag, 17. April: *Kruckhorn ist eine Reise wert, und Karla schimpft über Gülle*

»Kruckhorn? Was zum Kuckuck sollen wir in Kruckhorn?«

»Einen netten kleinen Ausflug machen. Frag lieber, was die Sternbergs in Kruckhorn wollten.«

»Vielleicht einen netten kleinen Ausflug machen?«

Karla Harms schaut aus dem Seitenfenster und sieht Felder, Wiesen, Windräder und Kühe. Heute ist ihr erster freier Tag nach etlichen Sonderschichten im Krankenhaus. Und den verbringt sie ausgerechnet in Kruckhorn. Wenigstens regnet es heute nicht.

»Paul, du spinnst.«

»Ich weiß.«

Die Landstraße ist schmal, hat aber zumindest einen verblichenen Mittelstreifen und einen Seitenstreifen, der die Fahrbahn von einem tiefen Graben abgrenzt. Am rechten Rand stehen kümmerliche Apfelbäume. Paul hält die Luft an, überholt einen Traktor mit Gülleanhänger und schaut auf sein Navi. Sie nähern sich einem rot markierten Punkt. Noch zwei Kilometer.

»Manchmal frage ich mich, warum ich dich geheiratet habe«, sagt Karla und zählt vor Langeweile die Kühe auf der Weide.

»Weil du sonst nie einen Ausflug nach Kruckhorn gemacht hättest.«

Sie droht mit der Faust. Paul gibt Gas. Sie durchqueren ein kleines Waldstück, dahinter warnt ein Schild vor Wildwechsel und ein Wegweiser verrät, dass hier ein unasphaltierter Feldweg nach Groß-Langenmoor führt. Dann blinkt endlich der rote Punkt auf dem Navi.

»Sie haben Ihr Ziel erreicht«, verkündet die kühle Frauenstimme.

Zwischen zwei Apfelbäumen bringt der Friedhofsgärtner seinen alten Toyota Starlet zum Stehen. Viel Platz ist nicht, denn direkt daneben geht es steil abwärts. Eine Böschung mit Graben. Die beiden steigen aus. Das Gras glitzert feucht vom Regen der letzten Tage, bei jedem Schritt sinken sie in den morastigen Boden ein.

»Hier stinkt's«, schimpft Karla Harms.

»Das kommt von der Gülle.«

»Netter kleiner Ausflug.«

Die genaue Unfallstelle hat ihnen Uwe Jensen verraten, dazu die Einzelheiten aus den Polizeiprotokollen. An das tragische Ereignis selbst erinnern tiefe Einkerbungen am Apfelbaum, zwei rote Grablichter, ein schlichtes Holzkreuz und ein Strauß frischer Wiesenblumen. Die muss jemand erst vor Kurzem hier abgelegt haben.

Paul Harms blickt sich um. Keine gefährlichen Kurven, keine Hindernisse, die die Sicht versperren. Die Landstraße führt kilometerweit geradeaus. Schnurgeradeaus.

»Er war betrunken?«

»Steht so in den Akten.«

»Trotzdem merkwürdig, auf dieser geraden Strecke zu verunglücken.«

»Er fuhr zu schnell. Viel zu schnell, sagen die Sachverständigen. Und es gab keine Bremsspuren.«

»Selbstmord?«

»Unwahrscheinlich. Die Sternbergs waren streng katholisch. Sagt jedenfalls Uwe. Schon fast fanatisch. Willst du mehr wissen? Maik Sternberg stammte aus Sachsen. Ein überzeugter Kommunist. War bis zuletzt politisch aktiv.«

»Ein katholischer Kommunist? Was es alles gibt.«

Aus der Ferne nähert sich der Traktor, den sie vorhin überholt haben. Frischer Güllenachschub.

»Okay, fahren wir weiter, bevor es hier noch mehr stinkt. Das bringt uns alles nicht weiter.«

Karla Harms seufzt. Nach harten Sonderschichten als Seelsorgerin im Krankenhaus jetzt also Flucht vor der Gülle. Dafür liebt sie ihren Paul. Sie steigt ein, hält schon mal vorsorglich die Luft an und wirft einen letzten Blick auf die Kühe.

Bis nach Kruckhorn sind es weitere sieben Kilometer. Eine Gemeinde mit rund 750 Einwohnern an einem weitgehend verlandeten Nebenfluss der Elbe. Früher brauchte man ein Boot, um ans andere Ufer zu gelangen, heute gehen die Kinder zu Fuß durchs Flussbett. Der Wikipedia-Eintrag listet einen Gesangsverein und zwei Sportvereine auf. Alle Läden und Gaststätten sind seit Jahren geschlossen. Keine Industrie, kein Eisenbahnanschluss, keine bekannten Persönlichkeiten, die in Kruckhorn geboren wurden oder mit der Gemeinde verbunden sind oder waren. Die Liste der Kulturdenkmale zählt eine Kate aus der Mitte des 19. Jahrhunderts auf: ein massiver Backsteinbau mit zwei im oberen Bereich verbretterten Vollgiebeln und Reetdach.

Während Paul Harms diese Einzelheiten seiner Recherche referiert, döst seine Frau vor sich hin. Kühe zählen macht müde.

»Ich frage mich wirklich, was die Sternbergs hier wollten. Das ist keine Durchgangsstraße. Hier gibt es nur das Dorf und die Bauernhöfe, die zur Gemeinde gehören.«

»Eben«, seufzt Karla Harms.

Sie kommen an einem Feldweg mit einem handgemalten Wegweiser vorbei. Paul Harms bremst und setzt ein Stück zurück. »Hof Café«, verspricht der ungelenke Schriftzug auf dem Schild. »Hausgemachte Kuchen, Kaffee, frische Eier, Kartoffeln und Weihnachtsbäume«.

»Siehst du? Alles wird gut«, sagt er und biegt in den Feldweg ein. Der Toyota holpert über die schmalen Fahrrinnen, in denen tiefe Pfützen stehen. Sie fahren zwischen Knicks hindurch, vorbei an Weidezäunen, hinter denen Pferde grasen. Hoch über ihnen zieht ein Greifvogel seine Kreise. Dann sind sie endlich da. Ein kleiner Hof mit Reetdach und verfallenem Stall. Es riecht nach Kuh und Misthaufen. Auf einem Tisch am Wegrand stehen Gläser mit selbstgemachter Marmelade. Fünf Stühle lehnen schräg an den Gartentischen, damit der Regen besser abfließen kann. An der Tür des Bauernhauses hängt ein Schild: »Heute geschlossen«.

»Ich will nach Hause«, sagt Karla Harms.

Paul Harms sagt nichts. Die Fahrt nach Kruckhorn war ein einziger Reinfall. Aber warum spürt er trotzdem dieses Kribbeln, das sich unter der Schädeldecke breitmacht und über den Nacken die Schultern erfasst?

Mittwoch, 20. April: *Paul Harms kämpft gegen Giersch, und eine junge Frau kämpft mit sich selbst*

Sie haben sich für Bodendecker entschieden. Waldsteinia ternata, die Golderdbeere. Ideal für schattige bis halbschattige Gräber. Pflegeleicht, günstig und langweilig. Blüht zwar goldgelb, aber lediglich von April bis Mai. Wuchert wie wild, vor allem unterirdisch. Jahreszeitliche Bepflanzungen kann man sich im wahrsten Sinne des Wortes sparen. Ein schlichter grauer Stein, ein Name, zwei Jahreszahlen, mehr nicht. Paul Harms seufzt. Hoffentlich erwarten die Rasmussens nicht, dass sie hier Erdbeeren ernten können. Damit hat das immergrüne Zeug nämlich trotz des Namens wenig zu tun.

»Können Sie mal woanders weitermachen?« Eine knarrende Stimme im Befehlston. Harms dreht sich um. Da steht die ganze Familie. Wieder in Schwarz, wieder merkwürdig steif. Die Tochter trägt heute Jeans und eine graue Steppjacke. Holger Rasmussen hat seinen Hut in der Hand. Das Gesicht wirkt fettig und blass, die buschigen Augenbrauen bilden einen verblüffenden Kontrast zum sonst kahlen Schädel. Harms wird schmerzhaft bewusst, dass er jetzt zum ersten Mal Beteiligte an dem Fall aus der Nähe sieht. Der viel zu kurze Augenblick mit Jannika Sternberg zählt nicht. Früher hätte er sie alle befragt, verhört, hätte in ihrem Leben herumgestöbert, um sich einen eigenen Eindruck machen zu können. Er hätte ihnen in die Augen geschaut, hätte jede Bewegung und jedes Wort genau studiert. Die Zeiten sind vorbei.

»Hallo? Verstehen Sie kein Deutsch?«

Rasmussen hat seinen Hut aufgesetzt und die Hände in die Seiten gestemmt. Seine Frau blickt ausdruckslos in die Ferne. Also zuckt Paul Harms mit den Schultern, nimmt seinen Spaten und lässt die Familie am Grab mit den Golderdbeeren allein. Trauer zeigt sich nun mal in unterschiedlichsten Formen.

Ein paar Gräber weiter wuchert Giersch rund um einen ehemals weißen Engel. Regen hat ihn grau gefärbt, von den Augen laufen zwei dunkle Spuren über die Wangen. Sieht aus, als würde er weinen, denkt Harms. Auf dem Grabstein steht über dem Namen ein Spruch: »Ruhe ist der Arbeit Lohn«. Lieber schlicht wie bei den Rasmussens. Paul nimmt seinen Spaten, um die unterirdischen Triebe des lästigen Giersch auszugraben. Alle vier Wochen, so steht es im Dienstleistungsvertrag der Friedhofsgärtnerei, muss er wilden Auswuchs beseitigen. Laien nennen das Unkraut. Bei Giersch ist das zwar ziemlich aussichtslos, aber er kann wenigstens die Familie im Auge behalten.

Die Eltern stehen einfach da. Holger Rasmussen hat wieder seinen Hut in der Hand, die Frau blickt weiterhin in die Ferne. Harms kann nicht verstehen, was die beiden reden. Warum klingt die knarrende Stimme des Mannes so wütend, aggressiv, verärgert? Mit dem Fuß stößt er plötzlich die Kiste beiseite, in der die Golderdbeerpflanzen lagen. Dann dreht er sich um und stapft mit festen Schritten Richtung Kapelle. Die Frau folgt ihm. Die Tochter nicht. Sie geht in die entgegengesetzte Richtung, den Kopf gesenkt, scheinbar in Gedanken versunken. Beim Grab mit dem weinenden Engel bleibt sie kurz stehen. Sie nickt Harms unauffällig zu und lässt einen Zettel zwischen den wuchernden Giersch fallen. Erst als sie am Ende der Grabreihe nach links abbiegt und auf dem Hauptweg hinter der Trauerbuche verschwindet, hebt Harms den Zettel auf und faltet ihn auseinander. In zierlicher Schrift steht dort: »Ich muss mit Ihnen reden. Der Polizist hat mir Ihre Adresse gegeben.«

Damit erübrigt sich die Frage, wie er Kontakt zu den Angehörigen aufnehmen kann. Wie er ihnen in die Augen schauen und jede Bewegung und jedes Wort genau studieren kann. Doch erst muss Waldsteinia ternata in die Erde.

Donnerstag, 21. April: *Jasmintee beruhigt, und eine Hexe sorgt für Wirbel*

»Du hast Besuch«, sagt Karla Harms.

»Die kleine Rasmussen?«

Karla nickt.

»Sei bitte nett zu ihr«, flüstert sie. »Ich erkläre es dir später.«

Harms hängt seine Lederjacke an die Garderobe, zieht die Arbeitsschuhe aus und geht kurz ins Badezimmer, um sich die Hände zu waschen. Geduscht hat er bereits in der Friedhofsverwaltung.

»Lass sie nicht so lange warten, Paul.« Karla schiebt ihn energisch in Richtung Wohnzimmer. »Es geht ihr nicht gut.«

Die junge Frau sitzt auf seinem Lieblingssessel am Fenster, zu aufrecht, den Rücken nicht angelehnt, die Knie zusammengepresst. So sitzen verstörte Menschen in schlechten Filmen, denkt Harms. Sie zuckt zusammen, als er den Raum betritt.

»Sarah Rasmussen«, stellt Karla vor. »Wir haben uns eben schon nett unterhalten, nicht wahr?«

Die Frau nickt, will aufspringen, doch Karla beruhigt sie mit einer einzigen Handbewegung.

»Bleiben Sie sitzen. Ich hole Ihnen ein Glas Tee.« Als Krankenhausseelsorgerin weiß sie, wie man mit Patienten umgeht. Sogar mit solchen, die gar nicht merken, dass sie Patienten sind.

Paul Harms setzt sich aufs blau-grün gestreifte Sofa und holt tief Luft. Er fühlt sich unwohl in seiner eigenen Wohnung. Merkwürdig, dass eine fremde Person wie Sarah Rasmussen so viel verändern kann. An der Wand hängt seine Ukulele, auf der er nur ein Mal zu spielen versucht hat. Der Kirschbaumschrank an der gegenüberliegenden Wand ist vollgestopft mit Erinnerungen. Ein Foto von Karla und Paul am Nordseestrand, im Hintergrund der Leuchtturm. Das war ihr erster Urlaub nach der Hochzeit. Ein Rauchverzehrer in Stierform, den er von seinen Großeltern geerbt hat. Antike Gläser, Tassen, Karlas Lieblingsbücher. Sarah Rasmussen scheint das alles nicht wahrzunehmen. Ihr Blick ist auf den dunkelgrauen Teppichboden gerichtet. Die Stille im Zimmer wird immer unerträglicher.

»Bitte sagen Sie meinen Eltern nicht, dass ich hier war«, bricht sie schließlich das Schweigen. »Sie sind so ... schwierig.«

»Keine Sorge. Ich bin Friedhofsgärtner. Ich kann schweigen.«

Sarah Rasmussen lehnt sich nun im Sessel zurück.

»Der andere Polizist war ja ganz nett. Aber ich konnte ihm nicht alles erzählen. Da hat er mir Ihre Adresse gegeben.«

35

»Ich bin kein Polizist mehr.«

Sie lächelt wieder zaghaft. Offenbar hat sie Kriminalhauptkommissar Uwe Jensen richtig eingeschätzt. Ein hervorragender Polizist. Hochintelligent, zuverlässig, gründlich, aber oft unbeholfen und ohne Feingefühl und Fantasie. Ein Riesenbaby.

Karla kommt mit dem heißen Jasmintee zurück ins Zimmer und stellt das dampfende Glas neben ihren Gast auf die Fensterbank.

»Vorsicht, sehr heiß«, warnt sie. »Ich lasse euch beiden jetzt am besten mal allein.«

»Nein, bitte bleiben Sie!« Harms sieht das Flehen in den Augen der jungen Frau und bewundert einmal mehr seine Karla. Wie schafft sie es, in so kurzer Zeit das Vertrauen von fremden Menschen zu gewinnen? Karla schiebt ein waldgrünes Zierkissen zur Seite und setzt sich neben ihren Mann aufs Sofa.

»Bitte entschuldigen Sie, wenn ich wirr rede. Sie haben meinen Vater ja auf dem Friedhof gesehen. In unserer Familie ist es nicht üblich, über Probleme zu sprechen.«

»Es geht um Ihren Bruder?«

Sarah Rasmussen nickt.

»Haben Sie einen Verdacht, warum er … warum das passiert ist?«

Sie schweigt. Ihr Blick heftet sich auf das waldgrüne Zierkissen.

Harms hat jetzt Zeit, sie genauer zu betrachten. Ihm ist am Grab nicht aufgefallen, wie zerbrechlich sie wirkt. Kurze schwarze Haare, eine kleine Nase, die Augen stehen zu dicht zusammen. Ihre Hände, die sie jetzt im Schoß faltet, sind lang und erschreckend dünn. Sie trägt keine Ringe. Überhaupt keinen Schmuck. Ein weiter grauer Pullover fällt über die schmalen Schultern, auch die Jeans sind viel zu weit und formlos. Könnte sie attraktiv sein, wenn sie wollte? Harms ist sich nicht sicher.

»Es ist diese Hexe«, sagt sie schließlich mit zitternder Stimme. »Papa sagt, sie ist eine Hexe. Sie passt nicht in unsere Familie. Sie hat Hendrik verhext.«

»Jannika Sternberg?«

»Papa hat Hendrik immer gewarnt. Er hat ihn sogar mal aus der Wohnung geworfen. Aber er hängt an ihr. Hendrik hat sie geliebt.«

Sarah Rasmussen redet tatsächlich wie ein kleines Kind, nicht wie eine erwachsene Frau. Harms läuft es eiskalt den Rücken runter. Wie alt mag sie sein? 18? 19? Oder älter?

»Sie mögen Jannika nicht?«

Sie zögert.

»Nein. Das heißt, ich weiß es nicht. Papa wollte Hendrik vor ihr retten. War ja auch Schluss. Sie hat Schluss gemacht.«

»Warum?«

»Weiß ich nicht. Mit Mama und Papa hat Hendrik darüber nicht geredet. Er hat mal zu mir gesagt, dass er Angst um sie hat.«

»Angst?«

»Ja. Sie war plötzlich so ... so anders. So verändert. Und er hat sie beschattet. So nennt man das doch bei Ihnen, oder?«

»Er ist ihr gefolgt, um zu sehen, was sie macht?«

»Bestimmt. Hendrik hat gesagt, er muss sie da rausholen. Aber er hat nicht gesagt, woraus. Warum hat er mir das nicht gesagt?«

In ihren schmalen Augen glitzern Tränen. Sie schnieft. Karla Harms steht auf, setzt sich auf die Sessellehne und legt ihr den rechten Arm um die Schulter.

»Scht!«, macht sie. »Nicht weinen. Er hat bestimmt nichts gesagt, weil er dich schützen wollte.«

Sarah Rasmussen nickt und schnieft weiter. Schließlich greift sie mit ihren dürren Fingern zum Teeglas und nimmt einen Schluck.

»Aber ich hätte ihn vielleicht retten können. Dann wäre er jetzt nicht tot.«

Karla drückt die junge Frau fester an sich.

»Du hast alles richtig gemacht, Sarah. Dein Bruder wollte herausfinden, was mit seiner Freundin los war, und weil er dich so mochte, hat er dir nichts erzählt.«

Die Tränen rollen trotzdem weiter.

»Hat er vielleicht doch mal irgendetwas erwähnt?«, fragt Paul Harms. Karla wirft ihm einen warnenden Blick zu. »Vielleicht einen Namen, einen Ort, irgendetwas, was Ihnen damals bedeutungslos vorkam?«

Sarah Rasmussen greift wieder zum Jasmintee, trinkt, schüttelt den Kopf.

»Nein. Kein Name. Nichts.«

»Du hast gesagt, dass Hendrik seine Freundin beschatten wollte.« Karla wischt ihr mit einem Papiertaschentuch die Tränen vom blassen Gesicht. »Aber du hast keine Ahnung, in welcher Gegend er da war?«

»Nein.« Sie stutzt. »Moment mal. Doch. Er erwähnte mal

Kollbek. Das hat mich gewundert, weil das so eine armselige Gegend ist.«

»Na siehst du, wenn man in Ruhe darüber nachdenkt, fällt einem immer was ein.«

Paul Harms ist zum Zuschauen verdammt. Egal. Karla kann das sowieso besser.

»Außerdem ...« Die junge Frau lacht plötzlich auf. »Jetzt fällt mir ein, dass er sich mal einen Leihwagen genommen hat. So einen, wie sie überall rumstehen und die man mit einer App mieten kann. Er wollte nach außerhalb.«

»Kruckhorn?«, fragt Harms. Wieder wirft Karla ihm einen wütenden Blick zu.

»Vielleicht. Ich weiß nicht. Irgendwo weiter weg, wo man nur mit dem Auto hinkommt.«

Sie trinkt den Rest Jasmintee, der inzwischen kalt geworden ist, und steht auf. Schwankend, aber Karla hat das kommen sehen und stützt sie.

»Danke«, sagt Sarah Rasmussen. »Danke, dass Sie mir zugehört haben. Ich hoffe, ich konnte Ihnen helfen.«

»Ganz bestimmt.« Karla drückt ihr die Hand. »Und du kannst jederzeit wiederkommen, wenn du möchtest. Nicht wahr, Paul?«

»Jederzeit. Besuchen Sie mich auf dem Friedhof oder rufen Sie einfach an.«

Er drückt ihr eine Visitenkarte mit seinen privaten Telefonnummern in die Hand. Ihre Augen leuchten. Merkwürdig, denkt Harms, jetzt sieht sie richtig schön aus.

Während Karla die junge Frau zur Tür bringt, schreibt er die wichtigsten neuen Fakten auf einen Zettel und greift zum Telefon. Kriminalhauptkommissar Uwe Jensen wird zufrieden sein mit seinen beiden feinfühligen Mitarbeitern.

Samstag, 23. April: *Ein Auto steht im Wald, und Jensen versteht den Witz nicht*

Sie treffen sich wieder im »Segensreich« des Gemeindehauses. Heute gibt es Mango-Maracuja-Schnitten statt Heidelbeer-Mascarpone-Torte. Weil die Sonne scheint, sitzen sie auf der Terrasse. Außerdem sind dort die Gartenmöbel größer, und Uwe Jensen muss sich nicht in Zwergenstühle zwängen. Mariella Pelanda fehlt. Er hat sie mit Recherchen bei Kollegen des Polizeikommissariats Kollbek beauftragt, damit sie nichts von diesem zweiten Gespräch erfährt.

»Ach, Paul, eigentlich dürfte ich dir gar nichts von unseren Ermittlungen erzählen. Du gehörst ja nicht mehr zu uns.«

»Ich weiß. Deshalb schickst du mir auch verstörte Frauen zur Befragung ins Haus.«

Das Riesenbaby blickt ihn irritiert an.

»Aus ihr war keine vernünftige Antwort rauszukriegen. Da musste ich an dich denken. Und an Karla.«

»Karla hat sich lange mit ihr unterhalten, bevor ich von der Arbeit kam. Diese Eltern schnüren ihren Kindern regelrecht die Luft ab. Für Rasmussen muss die Freundschaft mit Jannika Sternberg wie eine Befreiung gewesen sein. Umso schlimmer dann die Trennung. Ist sie zur Fahndung ausgeschrieben?«

»Ihre WG hat sie mittlerweile offiziell als vermisst gemeldet. Also suchen wir nach ihr.«

»Keine Spur?«

»Warte, Paul. Ich bring dich gleich auf den neuesten Stand.«

Er schiebt sich eine Gabel voll Mango-Maracuja-Schnitte in den Mund, schließt genießerisch die Augen und nimmt einen großen Schluck Latte Macchiato. Paul beobachtet inzwischen ein Eichhörnchen, das von der Friedhofsmauer auf eine nahe Buche hüpft.

»Also, der Reihe nach. Der gestohlene BMW iX3 wurde inzwischen auf einem Parkplatz am Volksberger Wald sichergestellt. Hat dort seit Wochen unbemerkt gestanden. Sorgfältig gereinigt, ausgesaugt, leergeräumt. Die Kriminaltechniker haben keine Fingerabdrücke oder andere verwertbare Spuren gefunden. Beim Unfall der Sternbergs hat sich nichts Neues ergeben. Die Sachverständigen konnten damals weder Fremdeinwirkung noch einen technischen Fehler am Fahrzeug nachweisen. Und inzwischen ist der Wagen längst verschrottet. Jannika Sternberg war zuletzt vor vier Wochen in der WG. Seitdem fehlt von ihr jede Spur. Wenn du sie nicht auf dem Friedhof gesehen hättest, würde ich sagen, sie ist längst nicht mehr am Leben.«

»Schöner Satz.«

»Wie bitte?«

»Vergiss es.« Humor gehört nicht zum Spezialgebiet von Kriminalhauptkommissar Jensen.

»Vor vier Wochen hat sie zuletzt Geld am Automaten abgehoben. In einer Sparkassenfiliale im Stadtteil Kollbek. Hendrik Rasmussen hat in den letzten Monaten mehrfach Wagen gemietet und ist offenbar kreuz und quer durch die Umgebung gefahren.«

»Er hat etwas gesucht.«

»Möglich. Aber das sind Vermutungen. Die Verbindungsdaten seines Handys geben nichts her. Unauffällig.«

»Und sein Laptop?«

»Laptop?«

Paul Harms rollt gespielt dramatisch mit den Augen.

»Jeder Student hat einen Laptop, oder?«

»Rasmussen nicht. Das heißt, wir haben natürlich gesucht, aber keinen gefunden.«

»Jemand war in seiner Wohnung. Vielleicht Jannika Sternberg. Die hat bestimmt einen Schlüssel.«

»Wir gehen wirklich allen Spuren nach, Paul. Es kann ja völlig anderes dahinterstecken. Mariella wittert mal wieder das Organisierte Verbrechen. Schutzgelderpressung beim vietnamesischen Restaurant. Rasmussen war danach ein Zufallsopfer.«

»Klar. Die Mafia setzt jemanden ans Steuer, der nicht Auto fahren kann und einen Studenten überfährt, statt die Tische und Stühle platt zu machen. Mariella kann mich mal.«

»Richte ich ihr aus.«

»So, meine Pause ist zu Ende. Ich muss wieder auf den Friedhof.«

»Auch ein schöner Satz.«

Sollte Uwe Jensen doch Humor haben? Harms steht auf, legt das Geld für Mango-Maracuja-Schnitte und Latte Macchiato auf den wackeligen Gartentisch und winkt der Bedienung hinter ihrem Kantinentresen zu.

»Halt mich auf dem Laufenden, Uwe.«

»Mach ich. Und grüß Karla von mir.«

Irgendetwas an diesem Gespräch hat ihn nachdenklich gemacht. Jannika Sternberg. Alles scheint sich um Jannika Sternberg zu drehen. Eine gefährliche Vorgehensweise, das weiß er aus seiner aktiven Ermittlerzeit. Allzu schnell verrennt man sich und blendet andere Spuren aus. Nein, die Mafiatheorie ist Unsinn. Typisch Mariella. Aber könnte Rasmussen nicht in ganz andere Machenschaften verwickelt gewesen sein?

Paul Harms horcht in sich hinein. Er spürt kein Kribbeln, das sich unter der Schädeldecke breitmacht und über den Nacken die Schultern erfasst. Der Spökenkieker hat die Witterung verloren.

Dienstag, 26. April: *Am Bahnhof riecht es nach Döner, und Harms sieht den Winter*

Nach Feierabend wirkt Blumen Lüders besonders trostlos. Die Schaufenster sind wieder beschlagen von der Feuchtigkeit im Laden, mitten im Pflanzendschungel brennt eine einsame Lampe. Die grüne Leuchtreklame über dem Eingang hingegen bleibt dunkel.

Paul Harms steht eine Weile auf der anderen Straßenseite und starrt das Schaufenster an. Was will er eigentlich hier? Warum sitzt er jetzt nicht gemütlich mit Karla auf dem Sofa und schaut die Snooker-WM im Fernsehen? Blumen Lüders ist der einzige Anhaltspunkt, den er hat. Der geschmacklose Grabstrauß, mit dem Jannika Sternberg auf dem Friedhof auftauchte. Seit Wochen war sie nicht in ihrer WG, also muss sie irgendwo anders Unterschlupf gefunden haben.

Irgendwo in der Nähe von Blumen Lüders, zumindest im Stadtteil Kollbek.

Harms reißt sich von dem trostlosen Anblick los und geht weiter die Straße entlang. Wohnblöcke mit Backsteinfassaden, ohne Balkon, grauen Gardinen vor den schmalen Fenstern. Überall Graffiti. Der Fußweg ist schmal, die grauen Steinplatten haben Risse und liegen so uneben, dass man leicht stolpern kann. Rechts zweigt die Friedrichsallee ab, in der die Sternbergs wohnten.

Jannika. »Hexe« hat die kleine Rasmussen sie genannt. Ein wenig Neid steckt aber auch in diesem Wort. Karla durchschaut das sofort. Neid und Bewunderung. Das klang deutlich in dem Gespräch der beiden durch. Die zerbrechliche Sarah, die in ihrer Familie erstickt. Die starke, selbstbewusste Jannika, mit der Hendrik ein neues Leben kennenlernt.

Kein Wunder, dass er seine Freundin nach der Trennung nicht loslassen konnte. »Und er hat sie beschattet. So nennt man das doch bei Ihnen, oder?«, hat Sarah gesagt.

Hendrik Rasmussen wartet an der U-Bahnstation Kollbek-Markt. Er hat sich unauffällig vor den Döner-Grill gestellt, damit er den Eingang des Bahnhofs beobachten kann. Es schneit. Ende Februar sind die Temperaturen noch einmal deutlich gefallen. Die weißen Flocken landen auf seiner Strickmütze und tauen nicht. Sie färbt sich langsam weiß. Auf der Straße wird der Schnee allerdings schnell zu Matsch. Es riecht nach Döner.

Als die nächste U-Bahn in die Station rumpelt, zieht er die Kapuze seiner Steppjacke über den Kopf und geht ein paar Schritte. Die ersten Fahrgäste strömen auf die Kollbeker

Marktstraße. Und da ist Jannika. Sie hat ihre langen dunklen Haare hochgebunden und trägt Ohrenschützer. Die pinkfarbene Jacke zu engen Jeans macht es leicht, ihr zu folgen. Sie leuchtet im weißen Schnee.

Hendrik Rasmussen wartet kurz, dann überquert er die Straße und lässt sie nicht mehr aus den Augen. An Blumen Lüders und den besprühten Backsteinfassaden vorbei, rechts in die Friedrichsallee, weiter über die große Kreuzung. Das Schneetreiben wird dichter. Hendrik Rasmussen folgt ihr weiter. Aber da ist noch jemand. Ein Mann auf der anderen Straßenseite, der stehen bleibt, wenn Hendrik stehenbleibt und weitergeht, wenn Hendrik weitergeht.

»Entschuldigung, geht es Ihnen nicht gut?«

Paul Harms zuckt zusammen.

»Doch, doch. Alles in Ordnung. Mir ist schwindelig. Geht gleich vorbei.«

Die üppige Frau mit ihrem schnorchelnden Mops nickt und spaziert weiter. Das LED-Halsband des Hundes leuchtet eine Weile im Dunkeln, bis die beiden hinter der nächsten Straßenecke verschwunden sind.

Was war das? Der Film, der da gerade vor seinen Augen abgelaufen ist, beunruhigt ihn. Spökenkieker. Geisterseher. Hellseher. Nein. Das meiste kann Harms auf Fakten zurückführen. Rasmussen hat seine Freundin beschattet. Hier in Kollbek. Sie wird tatsächlich mit der U-Bahn gekommen sein, also musste er hier auf sie warten. Harms hat selbst die U-Bahn genommen und stand kurz vor dem Döner-Grill. Ende Februar fiel noch mal Schnee. Die Friedrichsallee. Aber was ist mit dem Mann auf der anderen Straßenseite?

Nachdenklich geht Paul Harms den Weg zurück. Vorbei an den besprühten Backsteinfassaden und am Pflanzendschungel von Blumen Lüders zur U-Bahnstation Kollbek-Markt. Der Zug fährt gerade ein, und er schiebt sich durch die aussteigende Menschenmenge in den jetzt fast leeren Wagen. Die Türen schließen sich. Harms blickt aus dem Fenster auf den Bahnsteig. Dort läuft gerade Sarah Rasmussen vorbei.

Freitag, 29. April: *Der Fall wird heiß, und ein Toter soll in die Hölle*

Das Telefon klingelt. Paul Harms schreckt hoch und schaut auf die Uhr. 3.13 Uhr. Das Telefon klingelt hartnäckig weiter. Also steht er auf, schlurft in den Flur und nimmt ab.

»Ja?«

»Paul?«

»Ja.«

»Es brennt.«

»Wie bitte?«

»Dein Geräteschuppen. Auf dem Friedhof. Er brennt. Alles ist voller Flammen.«

Harms wird schlagartig hellwach.

»Bin schon unterwegs.«

Karla steht in der Tür zum Flur. Schlaftrunken. Sie gähnt und reibt sich die Augen. Ihr Nachthemd ist von der linken Schulter gerutscht.

»Was ist?«

»Erklär ich dir später. Ich muss los.«

46

»Nein, jetzt erklärst du es mir.«

»Das war Heike von der Friedhofsverwaltung. Mein Geräteschuppen brennt.«

Sie starrt ihm mit aufgerissenen Augen nach, als er zurück ins Schlafzimmer läuft, um sich anzuziehen. Die Jeans über die Boxershorts, eine Sweatjacke übers Shirt. Sportschuhe. Seine Umhängetasche.

»Ich ruf dich von unterwegs an«, verspricht er und gibt Karla im Vorbeigehen einen flüchtigen Kuss.

Als er seinen alten Toyota Starlet auf dem Friedhofsparkplatz abstellt, hat die Feuerwehr schon alles unter Kontrolle. Drei Einsatzfahrzeuge stehen auf dem schmalen Seitenweg, zwei Polizeiwagen versperren die Einfahrt. Schwarzer Rauch zieht vom Brandherd herüber. Harms muss husten. Es riecht nach schmorendem Gummi, feuchtem Holz und Öl. Aus den Funkgeräten der Einsatzkräfte knistern unverständliche Kommandos, das Prasseln des Löschwassers übertönt die Rufe der Helfer. Ein Druckschlauch ist auf die nahe Kapelle und die Garagen gerichtet, damit der Funkenflug keine weiteren Gebäude in Brand setzt. Mit einem lauten Knall platzt plötzlich das letzte intakte Seitenfenster des Schuppens.

»Was wollen Sie hier?«, schnauzt ihn ein Polizist an. »Ach so, Sie sind's, Herr Harms. Die Kripo ist aber schnell zur Stelle.«

Paul Harms hat keine Lust, den ehemaligen Kollegen über seinen Jobwechsel aufzuklären. Also geht er wortlos auf die Brandstelle zu. Vom Geräteschuppen stehen nur die Grundmauern, das Dach ist eingestürzt. Vereinzelt züngeln Flammen über die rußgeschwärzten Steine. Im Inneren hat das

Feuer reichlich Nahrung gefunden. Plastikkisten, Pflanzen, Balken für die Grabsicherung, Düngemittel, Gießkannen, Schläuche, Laubbläser, Harken, Schaufeln, die ganzen Gerätschaften, die man für die Arbeit braucht. Durch das herausgebrochene Eingangstor erkennt er die Überreste des kleinen grünen Minikippers, mit dem sein Vorgänger stets über den Friedhof getuckert ist. Vollständig ausgebrannt.

»Gehen Sie lieber nicht dichter ran«, warnt ihn ein Feuerwehrmann in voller Schutzkleidung. »Da ist sowieso nichts mehr zu retten. Außerdem muss die Polizei alles absperren.«

»Brandstiftung?«

»Wenn Sie mich fragen: ja.« Er tippt sich an die Nase. »Ich rieche so was. Brandbeschleuniger, vermutlich Benzin. Aber das müssen die Experten klären.«

Die Scheinwerfer der Einsatzfahrzeuge tauchen nicht nur die Brandstelle in grelles Licht, sie reißen auch einen weiten Teil des Friedhofs aus dem Dunkel. Grabsteine werfen jetzt unheimliche Schatten, das Blaulicht der Polizeiwagen tanzt gespenstisch über Bäume und Sträucher.

Harms muss Karla anrufen. Das hat er ihr versprochen. Der Wind treibt den beißenden Rauch zum Gemeindehaus, also geht er in die entgegengesetzte Richtung, um in Ruhe telefonieren zu können. Mit dem Handy in der Hand folgt er den Grabreihen, berichtet so sachlich wie möglich, was passiert ist. Das Feuer, die rußgeschwärzten Mauern, der ausgebrannte Minikipper. Ja, es war Brandstiftung. Vermutlich mit Benzin. Nein, zu retten war nichts mehr. Aber das Feuer konnte wenigstens nicht auf Kapelle oder Verwaltungsgebäude übergreifen.

Plötzlich zuckt Paul Harms zusammen. Sein Weg hat ihn quer über den Friedhof geführt, und jetzt steht er vor dem Grab Hendrik Rasmussens. Das Grab. Die sorgsam gepflanzten Golderdbeeren sind aus dem Boden gerissen und liegen zertrampelt neben der Hecke. Ein Porzellanengel, den vielleicht Sarah für ihren Bruder gebracht hat, wurde geköpft. Quer über den Grabstein steht in schwarzer Schrift »Fahr zur Hölle!«. Darunter ein Hakenkreuz.

»Paul?«, hört er Karlas Stimme aus dem Telefon. »Was ist los? Warum antwortest du nicht?«

Sonntag, 1. Mai: *Im Hinterhof steht ein Kugelgrill, und das BKA heizt die Sache an*

»Karla, sag bitte deinem Mann, dass er sich da raushalten soll.« Kriminalhauptkommissar Uwe Jensen macht es sich in jenem Sessel bequem, in dem vor wenigen Tagen Sarah Rasmussen saß. »Die Sache wird zu heiß.«

»Sag es ihm selber. Auf mich hört er nicht.«

Jensen seufzt. Paul Harms zuckt mit den Schultern.

»Du meinst, das Feuer sollte eine Warnung für mich sein?«

»So sieht das jedenfalls unser gemeinsamer Chef, also dein ehemaliger Chef.«

Harms steht vom Sofa auf und tritt ans offene Fenster. Der Maifeiertag verwöhnt mit Sonne und verleitet die Nachbarn dazu, ein Grillfest im Hinterhof vorzubereiten. Ein Kugelgrill steht bereits auf der Rasenfläche, auf dem Tisch daneben liegen T-Bone-Steaks, Würstchen und marinierte

Nackenkoteletts. Das Lüften dürfte heute Abend zum Problem werden. Harms schließt das Fenster und wendet sich wieder Uwe Jensen zu.

»Warum eine Warnung? Ich habe in der Sache bisher fast nichts unternommen. Nichts, was groß auffallen könnte.«

»Mariella war vorgestern mit einem Foto der Sternberg in Kollbek unterwegs. Bei Blumen Lüders hat man die Frau erkannt. Der Inhaber meinte, da hätte sich vor Kurzem schon mal jemand nach ihr erkundigt. Das warst du, oder?«

»Das war ich. Das Einwickelpapier vom Friedhof. Die Einzelheiten kennst du.«

»Ja, aber die Geschichte geht weiter. Am nächsten Tag war die Sternberg im Laden und hat gefragt, ob sich jemand nach ihr erkundigt hat.«

»Mist. Ich war sicher, dass sie bei einem einfachen Friedhofsgärtner keinen Verdacht schöpft.«

»Vermutlich ist ihr später eingefallen, dass die Sache mit dem Blumenpapier ein Fehler war. Sie hat ja die Karte mit dem ›Bitte verzeih mir‹ verschwinden lassen.«

Harms setzt sich wieder aufs Sofa, schiebt das Zierkissen zur Seite und rückt dichter an Karla heran. Sie nimmt seine Hand.

»Wir dürfen die nicht unterschätzen«, sagt sie.

»Oder jemand anders hat ihr gehörig den hübschen Kopf gewaschen. Sie war nämlich nicht allein bei Blumen Lüders. Ein Mann hat draußen auf sie gewartet.«

»Beschreibung?«

»Ach, der Inhaber ist alt, und durch die beschlagenen Scheiben seines Ladens sieht er sowieso nichts. Ein Mann halt. Nicht groß, nicht klein, nicht dick, nicht dünn. Im Zweifelsfall könnte es eine Frau gewesen sein.«

»Sie haben gemerkt, dass ich mitspiele. Deshalb das Feuer als Warnung. Was sagt die Spurensicherung dazu?«

»Einwandfrei Brandstiftung. Neben deinem alten Dieselwägelchen lag ein Benzinkanister, der da nicht hingehört.«

Harms flucht. Seine Frau legt ihm den rechten Arm um die Schulter und drückt ihn fest an sich. Als Kriminalhauptkommissar hat er alle Gefahren gemeistert. Wäre absurd, wenn er jetzt als Friedhofsgärtner draufgehen sollte.

»Wir ermitteln wegen Brandstiftung, Sachbeschädigung und Grabschändung. Außerdem ist der Staatsschutz eingeschaltet. Die Hakenkreuz-Schmiererei.«

»War Hendrik Rasmussen ein Nazi?«, fragt Karla.

»Möglich. Wir haben allerdings keine entsprechenden Hinweise. Er ist nie als Nazi aufgefallen. Auch nicht im Netz. Aber da sind die Experten vom BKA dran.«

»Nein.« Harms schüttelt den Kopf. »Das passt nicht.«

»Das passt. Sagt jedenfalls Mariella.« Mariella Pelanda, Kriminalkommissarin mit einem Faible fürs Organisierte Verbrechen. Überall wittert sie die Mafia. »Ihre Theorie ist bestechend logisch. Pass auf: Hendrik Rasmussen will raus aus seinem erdrückenden Elternhaus. Er gerät in eine Neonazi-Clique, wo er mit offenen Armen empfangen wird. Da ist aber noch Jannika Sternberg. Sie ist entsetzt, als Hendrik immer weiter ins rechte Milieu abdriftet. Ihr Vater gehörte mal zu den extremen Linken. Angeblich gewaltbereit.«

»Sagt der Staatsschutz?«

»Sagt der Staatsschutz.«

»Und dann überfährt die Tochter dieses angeblich gewaltbereiten extremen Linken ihren Nazi-Freund mit einem gestohlenen BMW iX3? Bitte, Uwe, das ist Unsinn.«

Der Kriminalhauptkommissar lehnt sich im Sessel zurück und verschränkt die Arme vor der Brust. Seine roten Haare stehen noch mehr ab als sonst. Kommt das von der Aufregung?

»Wie auch immer, Paul. Ich verbiete dir jedenfalls, weiter in diesem Fall aktiv zu werden. Das ist jetzt allein unsere Sache. Okay?«

Paul Harms brummt. Karla gibt ihm einen Kuss aufs Ohr.

»Dann passt aber auf die kleine Rasmussen auf. Ich fürchte, sie sucht auf eigene Faust nach dem Mörder ihres Bruders.«

KAPITEL 2

Donnerstag, 12. Mai: *Kriechender Günsel muss in die Erde, und Paul Harms sieht sich selbst*

Paul Harms steht vor dem geschändeten Grab. Der Stein wurde mittlerweile gereinigt. Wer genau hinschaut, entdeckt Reste des »Fahr zur Hölle!«. Wo das Hakenkreuz prangte, wirkt der Grabstein heller. Das scharfe Reinigungsmittel beseitigt Spuren, hinterlässt allerdings andere. Bei der neuen Bepflanzung haben die Rasmussens Kriechenden Günsel gewählt. Natürlich wieder ein pflegeleichter Bodendecker, aber immerhin eine heimische Staude mit blauen Blütenkerzen.

Mit dem Fall selbst befasst sich Harms nicht mehr. Da passt Karla schon auf. Sollen sich die ehemaligen Kollegen damit herumärgern. Das BKA spielt jetzt mit. Kaum schmiert jemand ein Hakenkreuz an die Wand, taucht der Staatsschutz auf. Nein, er ist jetzt wieder Friedhofsgärtner. Nicht mehr und nicht weniger.

Außerdem hat die Liste für die Versicherung seine ganze Aufmerksamkeit gefordert. Gartengeräte, der alte Minikipper, alles, was sich im Schuppen befand. Bürokratie. Die Neuanschaffungen. Brauchen wir wirklich einen so großen

Laubbläser? Was ist mit dem Aufsitzrasenmäher für die erweiterten Rasenflächen? Bis der Schuppen wieder aufgebaut ist, vergehen sowieso Monate. Bislang ragen schwarze Grundmauern aus dem Boden, und der Brandgeruch zieht weiterhin über den ganzen Friedhof.

Das Grab. Hendrik Rasmussen. Die Frau am Grab. Jannika Sternberg. Nein, das passt alles nicht. Erst bringt sie Blumen und bittet um Verzeihung, dann schreibt sie »Fahr zur Hölle!« auf den Stein?

Sie trägt ein schwarzes eng anliegendes Kleid, ihre langen dunklen Haare verdecken das Gesicht. Sie steht am Grab und hat einen Blumenstrauß in der Hand. Lilien, rote Rosen, Ranunkeln, Schleierkraut, Efeu. Sie stellt ihn in die Friedhofsvase aus dunkelgrünem Plastik, steckt eine kleine Karte zwischen die Blüten. »Bitte verzeih mir. Das habe ich nicht gewollt.« Ein Marienkäfer schwirrt vorbei, setzt sich auf ihren linken Arm, krabbelt langsam über den samtenen Stoff. Schließlich entfaltet er wieder die schwarz gepunkteten Flügel und fliegt weiter. Sie merkt es nicht. Sie weint.

Ein Friedhofsgärtner kommt auf sie zu.

»Entschuldigung«, sagt er leise. »Sind Sie eine Angehörige?«

Sie starrt ihn verständnislos an. Ihre dunklen Augen glänzen feucht. Der schmale Mund ist zusammengekniffen, ihre Wangenknochen stehen vor.

»Ich ... Ja, das heißt ... nein. Ich bin ...« Sie sucht nach Worten.

»Entschuldigen Sie nochmals, es war der falsche Moment. Es ist nur, weil in der Verwaltung nichts über Grabpflege und Bepflanzung vorliegt.«

Die Frau versucht zu lächeln. Es misslingt.

»Die Familie wird sich bestimmt darum kümmern. Ich bin ... eine gute Freundin. Danke.«

Sie wirft mit einer energischen Kopfbewegung die langen dunklen Haare in den Nacken. Dann geht sie, in der linken Hand das zerknüllte Papier, in dem der Blumenstrauß eingewickelt war. Sie wirft es in den nächsten Abfallkorb. An der alten Trauerbuche bleibt sie stehen und blickt zurück. Sie sieht, wie sich der Friedhofsgärtner nach ihrem Blumenstrauß bückt und die kleine Karte betrachtet. Ihr Mund wird schmaler, die Wangenknochen treten weiß hervor. Sie spürt das Salz der Tränen auf der Zunge und einen metallischen Geschmack. Sie hat sich die Lippen blutig gebissen.

Am Friedhofsparkplatz will sie nach links auf die schmale Seitenstraße abbiegen. Von dort aus ist es nicht weit bis zur nächsten Bushaltestelle der Linie 41. Im Schritttempo kommt ihr ein schwarzer Nissan Note entgegen. Sie zögert. Der Wagen hält direkt vor ihr. Ein Mann sitzt am Steuer und öffnet wortlos die Beifahrertür. Sie steigt ein.

Als Paul Harms wieder zu sich kommt, sitzt er auf einer Bank. Zitternd. Das erste Mal hat er sich in einer Vision selbst gesehen. Wie er geht, wie er spricht, wie er neben Jannika Sternberg steht und ihr verlegen in die Augen sieht. Es wirkt nicht wie ein Film, den er unbeteiligt betrachtet, sondern ... Harms zieht krampfartig die Schultern hoch. Er hat sich selbst gesehen, als wäre er tot und würde ein Teil seines Lebens von oben betrachten. Spökenkieker. Geisterseher. Hellseher. Er beschließt, Karla nichts davon zu erzählen. Aber Uwe Jensen wird er anrufen und ihn auf die Spur des Unbekannten bringen. Ganz diplomatisch muss er das machen.

Nein, keine Einzelheiten. Nichts vom schwarzen Nissan Note. Das letzte Modell, dessen Rücklichter nicht mehr dicht unterm Dach liegen. Den Mann wird er erwähnen. Derselbe, der vor Blumen Lüders auf Jannika Sternberg gewartet hat? Der in der anderen Vision Hendrik Rasmussen auf der anderen Straßenseite gefolgt ist?

Paul Harms steht schwankend auf. Spökenkieker. Verdammt. Er will das nicht. Es sind doch ausschließlich Fakten, die sich in seinen Visionen aneinanderreihen. Oder?

Genau gegenüber erhebt sich ein alter schwarzer Grabstein. Fast wie ein Obelisk ragt er spitz in die Höhe. Unter dem Familiennamen haben die Steinmetze einen weltlichen Trauerspruch eingemeißelt: »Wer treu gewirkt, bis ihm das Auge bricht, und liebend stirbt, ja, den vergisst man nicht.«

Für immer unvergessen. Paul Harms würde gerne vergessen.

Montag, 16. Mai: *Ein Gärtner steht im Dunkeln, und Sarah glänzt*

Als Harms vom Duschen aus dem Badezimmer kommt, erwartet Karla ihn im Flur. Sie legt den linken Zeigefinger auf die Lippen.

»Du hast wieder Besuch«, flüstert sie.

»Nein.«

»Doch.«

»Warum hast du sie nicht weggeschickt? Soll sich Uwe drum kümmern.«

»Sie lässt sich nicht abwimmeln. Sprich bitte kurz mit ihr.«

Harms seufzt. Er hat einen harten Arbeitstag hinter sich. Der kirchliche Friedhof ist zu klein, um mehr Personal als seine zwei Teilzeithelfer einzustellen. Heute lagen zwei Neubepflanzungen und die Umgestaltung aufgegebener Gräber in Grünflächen an. In drei Reihen mussten die Buchsbaumsträucher endgültig entfernt werden. Kahlfraß durch die Raupen. Nicht mehr zu retten. Außerdem wurden die neuen Gartengeräte geliefert. Aufsitzrasenmäher, elektrische Heckenscheren, Laubbläser. Jetzt freut er sich auf seinen ruhigen Feierabend.

»Ich zieh mich kurz um. Mach ihr inzwischen einen Tee.«

Karla Harms nickt und verschwindet in der Küche.

Also Jeans und Pullover und nicht der bequeme Jogginganzug. Schade um den Feierabend.

Die junge Frau sitzt wieder auf seinem Lieblingssessel am Fenster, dieses Mal hat sie den Rücken angelehnt, die Knie nicht zusammengepresst. Sie zuckt auch nicht zusammen, als er den Raum betritt. Ihre Augen sind weit aufgerissen und glänzen. Das ist eine andere Sarah Rasmussen.

»Ich muss dringend mit Ihnen reden«, sagt sie ohne weitere Begrüßung. Karla kommt ins Zimmer und bringt den heißen Jasmintee. Die Frau nickt dankend, nimmt das Glas zwischen beide Hände und pustet, damit der Tee abkühlt. Dann blickt sie Paul Harms triumphierend an.

»Ich weiß, wo Jannika Sternberg steckt.«

Harms zieht eine Augenbraue hoch.

Sarah Rasmussen hat offenbar eine andere Reaktion erwartet. Irritiert blickt sie die beiden an, die jetzt nebeneinander auf dem blau-grün gestreiften Sofa sitzen.

»Waren Sie damit schon bei der Polizei?«

»Nein, aber ich ...«

»Das ist kein Spaß. Bitte spielen Sie nicht Detektivin. Das BKA ermittelt in der Sache.«

»Die haben Jannika nicht gefunden. Aber ich. Also?«

»Okay. Wo steckt sie?«

»In einem Kleingarten in Kollbek. Ganz in der Nähe der Friedrichsallee.«

»Gut. Wir rufen jetzt Kriminalhauptkommissar Uwe Jensen an, und der nimmt Ihre Aussage zu Protokoll.«

»Warten Sie!« Ihre Stimme klingt plötzlich so kindlich wie beim ersten Besuch. »Wollen Sie denn gar nicht wissen, wie ich Jannika gefunden habe?«

»Nein. Ich bin raus aus der Sache.«

Sarah Rasmussen starrt ihn ungläubig an. Die dürren Finger umklammern krampfhaft das Teeglas. In ihren Augen sammeln sich Tränen. Also rammt Karla ihrem Mann den Ellbogen in die Seite, steht auf und setzt sich zu Sarah Rasmussen auf die Sessellehne.

»Sei Paul bitte nicht böse.« Unwillkürlich hat sie wieder das vertrauliche Du gewählt. »Er meint es gut mit dir. Die Sache ist inzwischen viel zu gefährlich geworden. Mein Mann darf in dem Fall nichts mehr unternehmen.«

Sarah Rasmussen nippt an ihrem heißen Jasmintee. Sie schüttelt den Kopf und schließt die Augen. Ihr Gesicht wirkt wieder blass und hilflos.

»Wie bist du denn der Jannika auf die Spur gekommen?«, fragt Karla.

»Hendrik hat mal von einem Garten erzählt. Die Sternbergs durften ihn nutzen, weil die Besitzerin schon so alt war. Sie haben da Gemüse gepflanzt. Kartoffeln, Bohnen und so.«

»Die Eltern von Jannika sind tot.«

»Ja, aber Jannika hat einen Schlüssel. Hat Hendrik gesagt. Ich habe überall in Kollbek nach dem Garten gesucht.«

»Wie wolltest du ihn finden? Es muss dort Hunderte geben.«

Sarah Rasmussen richtet sich im Sessel auf. Sie lächelt.

»Hendrik hat mal gesagt, dass im Garten ein hellblaues Holzhäuschen steht. Da hat er mit Jannika oft nachts ...« Sie läuft tatsächlich rot an. »Also hellblau mit roten Fensterrahmen. Neben dem Gemüsebeet steht eine alte Schaukel. Und ich musste nach einem Hund aus Keramik suchen, der am Häuschen aufpasst.«

»Das alles hast du der Polizei nicht erzählt?«

Sie schüttelt trotzig den Kopf.

»Ich wollte sie selber finden. Und ich habe sie ja gefunden.«

»Woher wollen Sie wissen, dass Jannika Sternberg in letzter Zeit dort war?«, hakt Paul nach.

»Ich habe die Nachbarn gefragt. Das ist ein nettes älteres ...«

»Verdammt, wissen Sie überhaupt, in welche Gefahr Sie sich mit dieser Schnüffelei bringen?«

»Halt's Maul, Paul.«

»Wollen Sie, dass man Ihnen die Wohnung in Brand setzt oder ›Fahr zur Hölle‹ an die Wand schmiert?«

»Ich sagte: Halt's Maul, Paul! Und ruf Uwe Jensen an. Sarah hat ihre Sache gut gemacht, und jetzt ist die Polizei dran.«

Harms holt tief Luft. Er wirft einen Blick auf Karla, die den rechten Arm um die zitternde junge Frau gelegt hat. Dann geht er in den Flur, um seine ehemaligen Kollegen zu verständigen. Es wird wohl einen Zugriff durchs Mobile Einsatzkommando geben. Er sieht den Sturm aufs hellblaue Gartenhäuschen mit den roten Fensterrahmen schon vor sich. Dafür braucht der Spökenkieker nicht mal eine seiner Visionen.

Dienstag, 17. Mai: *Bullen geben alles, und ein Vogel fliegt aus*

Ein Streifenwagen hat die beiden schon um 5 Uhr abgeholt. Pauls Proteste waren ungehört verhallt: Sarah Rasmussen durfte in seinem Lieblingssessel übernachten, um am nächsten Morgen bei der Aktion dabei sein zu können. Ein paar Stunden Schlaf, während Karla an ihrer Seite wachte. Muttersyndrom? Oder Pflichtbewusstsein einer Krankenhausseelsorgerin? Uwe Jensen war ihm in den Rücken gefallen. Die Rasmussen könnte vor Ort nützlich sein, hat der Kriminalhauptkommissar argumentiert. Schließlich kennt sie die Gesuchte und auch die Grünanlage.

Jetzt sitzen sie also auf dem Rücksitz des Streifenwagens. Der parkt in sicherem Abstand zum Kleingarten, genau zwischen den zivilen Wagen der Kripo und den Fahrzeugen des Mobilen Einsatzkommandos. Obwohl draußen fieberhafte Betriebsamkeit herrscht, verläuft alles fast lautlos. Vorbereitet, einstudiert, immer wieder trainiert. Routine. Die Männer vom MEK checken im Halbdunkel ein letztes Mal ihre

Ausrüstung. 15 Kilo schwer. Helm, Spezialweste, Maschinengewehr, Funkgerät. Bereit für den Zugriff.

Die Kleingartenanlage besteht aus wenigen Parzellen und ist durch einen hohen Zaun von den Nachbargrundstücken abgetrennt. Ein trotziges Stück Grün inmitten von Häuserreihen mit Backsteinfassaden. Am Eingang steht ein Schild: »Kein Durchgang. Keine Schnee- und Eisräumung. Hunde sind anzuleinen«. Viel sieht man vom Parkplatz aus nicht. Einige Apfelbäume ragen über die Dächer der bunten Gartenhäuser hinaus. Die Hecken wurden dieses Jahr noch nicht geschnitten und wuchern über die schmalen Wege. Vermutlich stehen überall Gartenzwerge, Windmühlen und Eulen, deren LED-Augen im Dunkeln leuchten. An winzigen Teichen lauern Silberreiher aus Plastik. Harms kennt solche Kleingärten von ihren morgendlichen Laufrunden.

Uwe Jensen kommt auf den Streifenwagen zu, auch er mit einem Funkgerät in der Hand. Neben ihm geht eine Frau, die den Riesen um einige Zentimeter überragt.

»Katja Koch, BKA«, stellt sie sich vor.

»Paul Harms, Friedhofsgärtnerei«, stellt sich Harms vor. So viel Spaß muss sein. Die Frau lacht nicht, beugt sich durch die offene Wagentür ins Innere und schüttelt Harms und Sarah Rasmussen die Hand. Ein fester Händedruck. Das breite Gesicht mit der großen Nase bleibt dabei unbewegt.

»Sie leiten die Aktion hier?«, fragt Harms.

»Ich beobachte. Das Sagen haben Kriminalhauptkommissar Jensen und der Teamleiter des MEK. Offiziell suchen wir nach einer verschwundenen Studentin.«

»Viel Aufwand für eine verschwundene Studentin.«

»Ja.« Sie schiebt eine Strähne ihres kurzen grellroten Haares aus der Stirn und wendet sich ab. Ihr Blick folgt den Männern des MEK, die jetzt bei Anbruch des Morgens ihre Posten beziehen. Uwe Jensen zuckt entschuldigend mit den Schultern.

»Seid ihr sicher, dass Jannika Sternberg da ist?«, fragt Harms.

»Seit gestern Abend observieren zwei Polizisten in Zivil die Kleingärten. Um 22.36 Uhr hat eine Frau das Gelände betreten, bei der es sich um die Gesuchte handeln muss. Die Beschreibung stimmt. Hier ist der einzige Eingang, und der war die ganze Nacht unter Beobachtung.«

Die BKA-Beamtin dreht sich wieder zu Uwe Jensen um.

»Es ist so weit.«

»Okay. Ihr bleibt artig hier im Wagen sitzen, klar?«

»Klar.«

Die Türen des Streifenwagens sind wieder geschlossen. Sarah Rasmussen presst ihre Nase an die Seitenscheibe und starrt in die Morgendämmerung. Der Himmel färbt sich langsam rötlich.

»Was machen sie jetzt?«

»Soll ich den Reporter spielen?«

»Bitte.«

Harms lässt seinen Ex-Kollegen nicht aus den Augen. Der postiert sich neben den Einsatzfahrzeugen, presst das Funkgerät ans Ohr und gestikuliert dabei wild mit der linken Hand. Hinter einem der Wagen entdeckt Harms den Lockenkopf von Kriminalkommissarin Mariella Pelanda. Die Männer des MEK verschwinden gerade zwischen den Hecken der Kleingärten.

»Umzingeln sie das Haus?«

»Genau nach Einsatzplan. Darf nichts schiefgehen. Sie wissen ja nicht, ob die Sternberg eine Waffe hat. Vielleicht ist sie nicht allein.«

Uwe Jensen hebt theatralisch den linken Arm. Harms hört nichts, aber er weiß, dass sein Ex-Kollege gerade das Wort »Zugriff!« ins Funkgerät brüllt.

Im selben Augenblick reißen starke Scheinwerfer das Gelände aus dem Dunkeln. Jetzt öffnet Paul Harms doch die hintere Tür des Streifenwagens. Kommandos ertönen, ein Knall, das Splittern von Holz, wieder ein Knall. Stille. Zwei Elstern flattern lautstark schimpfend zwischen den Apfelbäumen auf.

»Das MEK sichert jetzt den Einsatzort.«

»Haben sie Jannika verhaftet?«

Harms antwortet nicht. Die plötzliche Stille lässt ihn zweifeln. Er sieht, wie Uwe Jensen ins Funkgerät spricht und sich dann mit der BKA-Kollegin berät. Zwischen den Hecken taucht ein MEK-Mann auf, das Maschinengewehr zu Boden gerichtet. Er winkt enttäuscht ab.

Paul Harms steigt aus dem Streifenwagen. Jensen kommt ihm entgegen.

»Entwarnung. Der Vogel ist ausgeflogen.«

»Ich dachte, ihr habt alles im Blick.«

»Entweder Jannika Sternberg hat Verdacht geschöpft oder sie wurde gewarnt. Jedenfalls muss sie auf der anderen Seite über den Zaun getürmt sein. Schon in der Nacht, denn heute hatten wir das ganze Gelände gesichert.«

»Gratuliere. Großartiger Einsatz.«

»Ach, Paul, das hätte dir genauso passieren können.«

Harms sieht, wie die Männer des Einsatzkommandos zurück zu ihren Fahrzeugen gehen, das Visier der Helme hochgeklappt. Die BKA-Kollegin steigt gerade in einen roten BMW und fährt grußlos vom Parkplatz.

Plötzlich steht Sarah Rasmussen neben Harms und nimmt seine Hand.

»Und jetzt?«, fragt sie ängstlich.

»Jetzt übernimmt die Spurensicherung. Vielleicht finden sie etwas, das uns weiterbringt. Irgendeinen Hinweis auf einen anderen Aufenthaltsort der Sternberg.«

»Bin ich jetzt in Gefahr?«

»Das waren Sie schon die ganze Zeit.«

Mittwoch, 18. Mai: *Harms macht eine Zeitreise, und Sarah hat viel Zeit*

Paul Harms sitzt an seinem alten Schreibtisch. Merkwürdiges Gefühl. Die Stifte liegen genauso sorgfältig geordnet neben der graugrünen Schreibunterlage wie früher. Der Bildschirm, die Tastatur, bei der das »a« klemmt, der röhrende Rechner. Warum wurde der Lüfter immer noch nicht repariert? Auf dem Display des Telefons steht jetzt der Name Pelanda. Mariella Pelanda. Wo immer seine Wochenration Gummibärchen lag, lädt ein Drahtkorb mit Äpfeln zum Zugreifen ein. »Bio. Eigene Ernte« verrät ein handgeschriebener Zettel mit Smiley. Auch der Schlumpf neben der Computermaus ist neu.

Wie viele Jahre hat er hier nach der Beförderung zum

Kriminalhauptkommissar verbracht? Ein wenig Wehmut kommt auf, wenn er sich umsieht. Da ist die Pinnwand mit Fotos und Notizen zum aktuellen Fall. Auf einem Bild erkennt er Hendrik Rasmussen, auf einem anderen Jannika Sternberg. Im Stadtplan daneben stecken drei Fähnchen: Theodor-Heuß-Weg, Hassestieg, die Kleingärten in Kollbek. Der WWF-Kalender an der zweckmäßig weiß gestrichenen Wand zeigt die Erdmännchen vom April. Bitte umblättern, denkt Harms. Das Mai-Motiv ist bestimmt ein junger Löwe. Viel hat sich nicht verändert in diesem Raum. Neben der Kaffeemaschine steht die alte Schreibmaschine, die er von seinen Vorgängern übernommen hat. Eine dicke Staubschicht bedeckt die Tasten. Und der Geldbaum auf der Fensterbank? Jensen scheint ihn üppig zu gießen und zu düngen, denn die dicken fleischigen Blätter glänzen in der Sonne.

Vergiss es, Paul. Die Zeit ist vorbei. Er konzentriert sich wieder auf das Hier und Jetzt, auf Uwe Jensen, der mit Sarah Rasmussen am Nachbarschreibtisch sitzt. Sie unterschreibt gerade das Protokoll. Nachdenklich beobachtet er, wie sie die Seiten durchliest, schließlich zum Stift greift und ihren Namen unter die Aussage setzt. Eine kleine spitze Zunge taucht dabei zwischen ihren Lippen auf, so, als erfordere die Unterschrift erhebliche Konzentration. Merkwürdige Frau. Seit Sarah Rasmussen im Kommissariat ihre Personalien angeben musste, weiß Paul Harms, dass sie tatsächlich schon 19 Jahre alt ist. Beruf: Erzieherin in Ausbildung. Was haben die Eltern nur mit ihr angestellt? Sie wirkt wie ein Kind, schmollt, weint, dann wieder blüht sie auf und ihre Augen leuchten. Mit infantilem Eifer muss sie durch Kollbek gelaufen sein, um das Gartenhäuschen zu finden und stolz ihre Entdeckung präsentieren zu können. Eigentlich hätte es Ärger geben müssen, weil sie der Polizei wichtige Informationen vorenthalten hat. Das hellblaue Gartenhäuschen mit den roten Fensterrahmen, die alte Schaukel neben dem Gemüsebeet, der Hund aus Keramik, der über allem wacht. Harms hofft, dass sie nicht noch mehr verschweigt. War Hendrik Rasmussen genauso? Haben die Eltern auch ihm die Luft zum Atmen genommen? Bis ihn ein Kuss von »Hexe« Jannika erlöste?

»Paul, du träumst.«

»Keine Angst. Ich denke nach. Liegt eigentlich schon der Bericht der Spurensicherung vor?«

»Fingerabdrücke von Jannika Sternberg und Hendrik Rasmussen. Ein paar verwischte, die sie nicht zuordnen konnten. Frische Essensreste im Müll. Offenbar hat sich die Frau dort in den letzten Monaten immer mal wieder versteckt. Aber nicht dauerhaft. Sagen die Nachbarn aus dem anderen Kleingarten. Sie muss also mindestens einen weiteren Unterschlupf haben.«

Harms denkt an die Fahrten, die Rasmussen kreuz und quer durch die Umgebung gemacht hat. Kruckhorn. Oder ist das eine falsche Fährte?

»Wir haben im Gartenhaus den Laptop vom Hendrik Rasmussen sichergestellt. Offensichtlich nach dem Mord aus seiner Wohnung gestohlen.«

»Verwertbare Daten?«

»Machst du Witze? Das Ding wurde kurz und klein geschlagen und mit Säure übergossen. Bei einer Festplatte hätten die Experten vielleicht einige Daten retten können. Aber der Rechner hatte einen SD-Speicher.«

Sarah verfolgt das Gespräch mit offenem Mund. Sie saugt förmlich jedes Wort in sich auf. Vielleicht erlebt sie die aufregendsten Tage ihres sonst so eintönigen Lebens.

»Ach, und Frau Rasmussen hat uns einen wertvollen Hinweis gegeben.« Der Kriminalhauptkommissar nickt der Frau auf der anderen Seite des Schreibtischs zu. »Im Gartenhaus lag die Jacke des Toten. Sie hat das Kleidungsstück eindeutig identifiziert. Du erinnerst dich, dass er bei dem kalten Regenwetter ohne Jacke auf dem Weg nach Hause war? In der Innentasche befand sich eine Kassenquittung vom Todestag. Daraus schließen wir, dass Rasmussen vorher hier war. Außerdem ...« Wieder ein Seitenblick auf Sarah. »Außerdem konnten wir ein benutztes Kondom sicherstellen. Der DNA-Abgleich steht zwar aus, aber alles deutet daraufhin, dass Rasmussen kurz vor seinem Tod mit Jannika Sternberg geschlafen hat.«

Als Täterin dürfte sie damit ausscheiden. Warum sollte sie mit ihrem Ex-Freund schlafen und ihn in derselben Nacht mit einem gestohlenen BMW iX3 über den Haufen fahren? Andererseits ...

Paul Harms schließt die Augen. Aber da läuft kein Film ab. Keine Bilder. Keine Visionen. Vielleicht haben sie sich zum Schluss gestritten? Rasmussen verlässt wütend das Gartenhaus, vergisst in der Aufregung seine Jacke, will aber nicht umkehren, um sie zu holen. Lieber durch den kalten Regen laufen, als Jannika in die Augen zu sehen. Spekulation. Das bringt nichts.

»Okay, Uwe, wenn wir hier jetzt fertig sind, würde ich gerne wieder an meine Arbeit gehen. Ich nehme an, Sie müssen auch zurück, Frau Rasmussen.«

»Ja... das heißt, nein.« Sie blickt sich mit großen Augen im Büro des Kriminalhauptkommissars um. »Ich habe mir zwei Wochen Urlaub genommen.«

Klar. Erst, um nach dem Gartenhäuschen zu suchen, jetzt, um weiter herumzuschnüffeln und der Enge des Elternhauses zu entkommen.

»Darf ich mit auf den Friedhof? Ich verspreche, dass ich nicht störe. Ehrenwort. Ich kann helfen.«

»Von mir aus. Dann machen Sie so lange wenigstens keinen Unsinn.«

Harms lacht, um den Worten ihre Schärfe zu nehmen. Uwe Jensen verdreht die Augen zur Decke. Was übersetzt heißt: Armer alter Paul!

Mittwoch, 18. Mai: *Sarah häutet sich, und Harms fühlt sich nicht wohl in seiner Haut*

Die Sonne steht schon tief über den Gräbern, aber Paul Harms muss die Stunden nacharbeiten, die er im Kommissariat verbracht hat. Die Eisheiligen sind dieses Jahr frostfrei geblieben, jetzt wird es Zeit für die Sommerbepflanzung. Kaum verblühte Stiefmütterchen machen Platz für rote und rosa Begonien. Sarah Rasmussen stürzt sich inzwischen mit erstaunlicher Begeisterung auf die Pflege der Grabstätten nebenan. Freie Flächen aufharken, Erde lockern, Springkraut entfernen, bevor es blühen und alles überwuchern kann.

Zum Glück lassen sich die eigentlich aus Zentralasien stammenden Pflanzen leicht aus der feuchten Erde ziehen. Sie hat Gartenhandschuhe an und über ihr kurzes schwarzes Kleid einen viel zu weiten Gärtneroverall gezogen. Größe XL. Harms schielt zu ihr hinüber. Gut macht Sarah Rasmussen das. Die Frau, die so kindlich und zerbrechlich wirkt, packt verbissen an. Warum wird er bloß nicht schlau aus dieser merkwürdigen Person? Jetzt dreht sie sich zu ihm um, zögert, wirft eine Handvoll Springkraut in die Schubkarre und kommt näher.

»Warum glauben Sie, dass ich in Gefahr bin?«, fragt sie leise.

»Denken Sie an Hendrik. Wir wissen nicht, was hinter der ganzen Sache steckt.«

»Aber ich habe damit doch gar nichts zu tun.«

»Sie haben in der Kleingartenanlage herumgeschnüffelt. Das reicht. Auch Ihr Bruder ist Jannika über längere Zeit gefolgt.«

»Ich will aber nicht mehr sterben.«

Ihm fällt auf, dass sie »nicht mehr« sagt.

»Die Polizei wird alles tun, um das zu verhindern. Aber Sie dürfen nichts verschweigen. Versprochen?«

Jetzt tritt Sarah ganz dicht an den ehemaligen Kriminalhauptkommissar heran. Sie ist einen Kopf kleiner als er und blickt zu ihm auf. Sie zieht ihre kleine Nase kraus.

»Paul?«, sagt Sarah leise. »Darf ich Paul sagen?«

Harms lacht.

»Von mir aus. Aber Sie ... du hast noch nicht geantwortet. Versprochen?«

Sie stellt sich auf die Zehenspitzen und haucht Paul Harms einen flüchtigen Kuss auf die Wange. Sie riecht süßlich und nach Schweiß.

»Versprochen.«

Harms wendet sich lieber wieder den Begonien zu. Das fehlt ihm gerade. Die Schwester eines Mordopfers sucht in ihm einen väterlichen Freund, weil sie unter ihren strengen Eltern leidet? Weil sie jemanden braucht, dem sie vertrauen kann?

»Paul?«

»Ja?«

»Ach, nichts. Ich erzähle es euch später.«

Sarah stellt sich wieder auf die Zehenspitzen, und dieses Mal presst sie ihre Lippen fest auf seine Lippen. Er spürt, wie sich eine kleine spitze Zunge in seinen Mund verirrt, wie sie seine eigene Zunge sucht und findet. Harms schiebt das Mädchen energisch von sich.

Samstag, 21. Mai: *Wellen kommen und gehen, und Fischbrötchen gehen immer*

Hinter den Dünen riecht es würzig. Nach Kiefern, Heide und Salz und nach Beeren, deren Namen Paul Harms vergessen hat. Der Weg führt abwärts. An den Böschungen links und rechts wächst Strandhafer. Ein heftiger Wind bringt feinen Sand mit, der auf der Haut prickelt und sich in den Ohren fängt wie in Meeresmuscheln. Das Tosen der Wellen, das Schreien der Möwen – er liebt all das, seit er als Kind zwei Wochen an der Nordsee verbracht hat. Vor ihnen liegt jetzt der Strand. Immer noch kann er über die Weite staunen, über den Sand, der mal dunkel, mal hell bis an die Schaumkronen der Wellen reicht. Rechts am Horizont erahnt man den Leuchtturm, der sich heute hinter Dunstschleiern verbirgt. Es sieht aus, als könne man ihn zu Fuß erreichen, aber in Wirklichkeit versperrt das Meer den Weg.

Harms zieht seine Schuhe aus. Er will den Strand zwischen den Zehen spüren. Obwohl dieser Maisonntag empfindlich kalt ist und die Nordsee ihre Besucher stürmisch empfängt.

Es war eine gute Idee, hierher zu fahren, um die Aufregung der letzten Tage und Wochen zu vergessen. Der Vorschlag kam von Karla. Sie war es auch, die Sarah zu diesem Ausflug eingeladen hat. »Willst du sie adoptieren?«, hat Harms gefragt. »Halt's Maul, Paul!«, hat Karla geantwortet, gelacht und ihm einen Kuss auf die Nase gedrückt.

Jetzt zieht Karla ihre Sportsneaker aus und krempelt die Jeans hoch. Sie breitet die Arme aus, genießt den Wind in ihren langen blonden Haaren, malt mit dem nackten rechten Fuß ein Herz in den Sand. Sarah Rasmussen ist bereits bis an die Brandung gelaufen. Mit den Schuhen in der Hand folgt sie den Wellen. Hinaus aufs Meer, zurück an den Strand, wieder hinaus aufs Meer, das Wasser reicht ihr bis über die Knöchel. Sie ruft, doch ihre Stimme geht im Tosen des Sturms und des Meeres unter.

»Wie ein Kind«, sagt Karla, als sie neben ihm steht. Er versucht, nicht an die Szene auf dem Friedhof zu denken.

»Sie ist ein Kind. Irgendwie.« Er schluckt. Hoffentlich läuft er jetzt nicht rot an. »Auf jeden Fall genießt sie diesen Ausflug ans Meer. Danke. Das war eine gute Idee von dir.«

»Sie braucht jemanden, dem sie voll vertrauen kann. Warte ab: Sie wird uns überraschen.«

»Wie meinst du das?«

»Sarah Rasmussen weiß viel mehr, als sie zugibt. Sie wird uns häppchenweise damit füttern, damit sie möglichst lange im Mittelpunkt stehen kann. Eine völlig neue Erfahrung.«

Die junge Frau winkt mit den Schuhen in der Hand. Schon aus der Ferne erkennt Harms, dass ihre Jeans nicht weit genug aufgekrempelt sind. Die Brandung hat sogar den weißen Strickpullover und die Steppjacke völlig durchnässt, vermutlich als sie sich nach einer Pfahlmuschel oder einem Seestern bückte. Harms gibt ihr ein Zeichen: Weiter in Richtung Leuchtturm. Dort kennt er ein kleines Bistro, in dem es die besten Fischbrötchen gibt.

Um ans Meer zu kommen, müssen die beiden einen Priel durchqueren. Das Wasser ist eiskalt. Egal. Gut für die Durchblutung.

»Warum glaubst du, dass sie mehr weiß, als sie zugibt?«

»Ach, Paul, du warst ein guter Ermittler und du bist ein guter Gärtner. Aber mit Menschen kenne ich mich besser aus.«

»Okay, erklär's mir.« Er bückt sich nach einer besonders schönen Herzmuschel und einer Roten Bohne. Sarah Rasmussen hüpft gerade über einen Priel.

»Erinnere dich an die Familie am Grab. Du hast selbst gesagt, der Vater erstickt alles. Herrisch, verhärmt, wahrscheinlich cholerisch. Für ihn war die Sternberg eine Hexe. In solchen Familien halten die Kinder zusammen. Sie erzählen sich alles, teilen Geheimnisse, trösten sich gegenseitig. Auch wenn sie schon älter sind.«

»Du meinst, Hendrik hat sich ihr anvertraut?«

»Da bin ich mir sicher. Vielleicht nicht in allen Einzelheiten, aber zumindest von dem Gartenhaus wusste sie.«

»Aber warum behält sie das alles für sich? Er ist tot, und sie muss seine Geheimnisse nicht mehr hüten.«

»Du hörst mir nicht zu. Sie hat wohl nie so im Mittelpunkt gestanden wie jetzt. Sie genießt das. Und will es so lange wie möglich auskosten.«

»Kannst du ihr nicht ins Gewissen reden?«

»Nein, Paul, das kann ich nicht. Sie muss alleine draufkommen. Und jetzt sollten wir laufen. Sonst erreicht sie vor uns die Fischbrötchen.«

Es bleibt nicht bei Fischbrötchen. Im Strandcafé folgen heiße Schokolade und Waffeln mit Puderzucker. Sie sitzen draußen auf der Terrasse, und der heftige Wind pustet den weißen Puderzucker vom Teller, direkt in Sarahs gerötetes Gesicht. Ihre kurzen schwarzen Haare sind von der Salzluft ausgetrocknet, die Augen tränen. Doch sie scheint von innen zu glühen.

Als die Sonne untergeht, stehen die drei immer noch am Strand. Sie warten auf das grüne Leuchten, jenes seltene Naturschauspiel, bei dem das Licht der Sonne gebrochen wird, kurz bevor sie im Meer versinkt. Ein grünes Flimmern im Rot des Abendhimmels. Sie warten vergeblich. Also gehen sie zurück zum Parkplatz. Paul und Karla Hand in Hand, Sarah Rasmussen hüpft ihnen wie ein übermütiges Kind voraus.

Der Parkplatz neben der Station des Deutschen Wetterdienstes ist schon fast leer, als Harms endlich den Motor seines alten Toyota Starlet startet. Er fährt ungern im Dunkeln, aber um diese Zeit gibt es wenigstens keinen Stau auf der Autobahn. Sarah Rasmussen macht es sich auf dem Rücksitz gemütlich, eingekuschelt in eine karierte Decke. Harms setzt zurück, blickt dabei in den Rückspiegel. Neben der Einfahrt steht ein schwarzer Nissan Note. Das letzte Modell, dessen Rücklichter nicht mehr dicht unterm Dach liegen.

Dienstag, 24. Mai: *Die Trauerbuche lockt, und Harms hält eine junge Frau in seinen Armen*

Neben zwei schlafenden Engeln, einem Schaf und verwilderten Rosen steckt ein Schild in der schwarzen Erde: »Die Angehörigen werden gebeten, bei der Friedhofsverwaltung vorzusprechen«. Paul Harms seufzt. Er ist wieder im Alltag angekommen.

Ans Meer könnte er sich gewöhnen. Vielleicht später. Wenn er Rentner ist. Eine kleine Wohnung hinter den Dünen, ein Garten mit Obst und Gemüse, eine Hängematte. Jeden Morgen könnten sie Hand in Hand zum Schwimmen an den Strand gehen. Träum weiter. Jetzt zieht er erst mal seinen kleinen grünen Handwagen mit Lebensbaumsträuchern über den Friedhof. Er wird Buchsbaumkugeln ausreißen, von denen die Raupen lediglich graubraunes Geäst zurückgelassen haben. Er wird die Unkräuter zwischen den Grabreihen mit dem neuen Gasbrenner entfernen. Nicht schön, aber effektiv. Außerdem steht Verwaltungsarbeit auf seinem Tagesplan. Abrechnungen für Kunden und Kirchenbüro.

Trotzdem liebt er diese Arbeit. Das Summen der Insekten muss ans ferne Rauschen der Wellen erinnern. Rotkehlchen,

Blaumeisen und Eichelhäher ersetzen die Möwen. Harms nimmt seinen Spaten vom Handwagen und widmet sich den trostlosen Buchsbaumpflanzen. Auf dem Grab steckt das blaue Schild mit der Aufschrift »Pflege«. Den Auftrag für diese zusätzliche Arbeit hat er letzte Woche erhalten. Auch hier wacht ein pummeliger Engel über den Grabstein. Eine kitschige Laterne schaukelt am Erdspieß. Harms legt die Pflanzen für die neue Lebensbaumhecke auf dem Weg bereit. »Sein« Friedhof ist stadtweit bekannt für diese sorgfältig geschnittene Heckenart.

Aus den Augenwinkeln bemerkt er plötzlich eine Frau, die langsam und scheinbar ziellos näher kommt. Er kümmert sich nicht darum. Erst als sie direkt hinter ihm steht, wird er nervös. Er dreht sich um. Die Frau trägt ein blau-weiß gestreiftes Kleid. Sehr eng und sehr kurz. Ihre dunklen Haare fallen bis auf die Schultern. Der schmale Mund ist zusammengekniffen, ihre Wangenknochen stehen vor. Jannika Sternberg.

»Unter der Trauerbuche«, sagt sie kaum hörbar. »Bitte.« Dann wendet sie sich ab und geht mit hastigen Schritten in Richtung Hauptweg. Paul Harms zögert. Seit Tagen sucht die Polizei nach der verschwundenen Studentin, lässt einen Kleingarten durch ein Einsatzkommando stürmen – und jetzt taucht sie hier auf dem Friedhof auf? Was will sie von ihm? Eine Falle? Unwahrscheinlich. Nicht am hellen Tag, nicht hier an einem so öffentlichen Ort zwischen den Gräberreihen.

Harms rammt seinen Spaten in die Erde, schiebt den Handwagen zur Seite und folgt der Frau zur Trauerbuche.

Der Baum gilt als Wahrzeichen des Friedhofs. Ein mächtiger wulstiger Stamm, von dem sich erst ganz oben Zweige ausbreiten, um fast senkrecht zu Boden zu fallen. Wie eine Wasserfontäne. Unter dem im Frühling schütteren Blätterdach stehen zwei Bänke. Auf der linken sitzt Jannika Sternberg, den Blick auf die Kapelle am Ende des Hauptweges gerichtet.

Paul Harms klopft die Erde vom Arbeitsoverall und setzt sich. Die Frau starrt weiter in die Ferne, am Stamm der Buche vorbei.

»Also?«

Schweigen. Harms betrachtet sie genauer. Ihre Haut ist blass und trocken. Die Haare glänzen fettig. Ungepflegt. Ihre kurzen Fingernägel sehen aus, als wären sie abgekaut. Aus der Nähe erkennt er die Flecken auf dem blau-weiß gestreiften Kleid. Und trotzdem spürt er, wie schön und attraktiv sie sein könnte.

»Es muss ein Ende haben«, sagt sie mit brüchiger Stimme.

»Was muss ein Ende haben?«

»Alles. Einfach alles. Hendrik, mein Gott, Hendrik.« Sie schreit die letzten Worte heraus, springt auf, schlägt die Hände vors Gesicht.

Plopp.

Paul Harms kennt dieses Geräusch. Ein Schuss mit Schalldämpfer. Also reißt er Jannika Sternberg zu Boden, schützt sie mit seinem Körper, dicht an den hellen Sand unter der Trauerbuche gepresst. Er hält den Atem an. Stille. Hat er sich geirrt? Sind die überreizten Nerven mit ihm durchgegangen?

»Alles okay?«, fragt er. Jannika Sternberg antwortet nicht.

Er dreht sie um und blickt ihr in die Augen, zwischen denen ein hässliches Loch klafft. Paul Harms hält eine Tote in seinen Armen.

Dienstag, 24. Mai: *Am Ort der Ruhe herrscht Hektik, und ein Riesenbaby muntert auf*

Der Friedhof ist weiträumig gesichert. Überall flattert das unvermeidliche rot-weiße Absperrband im Wind. Neben dem ausgebrannten Geräteschuppen parken die Einsatzfahrzeuge der Polizei und der VW-Bulli der Spurensicherung. Dazwischen steht ein roter BMW. Das BKA lässt nie lange auf sich warten.

Paul Harms muss an den Aushang neben dem Kirchenbüro denken. »Unsere kirchlichen Friedhöfe sollen gleichermaßen dem Andenken an Verstorbene und als Ort der Ruhe und Erholung dienen.« Nie war die Wirklichkeit so weit von diesem Anspruch entfernt. Unter der Trauerbuche liegt die tote Jannika Sternberg, pietätvoll mit einer silbergrauen Plane bedeckt. Der Gerichtsmediziner klappt gerade sein Köfferchen zu. Die Experten der Spurensicherung fotografieren, vermessen, sichern Fußabdrücke. Kriminalhauptkommissar Uwe Jensen lehnt am wulstigen Stamm der Buche und spricht in sein kleines Diktiergerät. Kriminalkommissarin Mariella Pelanda befragt ein älteres Ehepaar, das sich zur Tatzeit am anderen Ende des Friedhofs aufhielt, aber nichts gehört hat. Kaum verwunderlich, denn die beiden Alten sind fast taub. Ein dunkelgraues Eichhörnchen huscht zwischen den Rhododendren hervor, richtet den buschigen Schwanz auf, empört sich über die ungewohnte Hektik in seinem Revier und flieht mit einer Eichel aus dem Vorjahr auf den nächsten Baum. Die BKA-Kollegin Katja Koch scheint von all dem unbeeindruckt zu bleiben. Sie sitzt auf der zweiten Bank unter der Trauerbuche und blättert in ihrem Notizbuch.

Jetzt stößt sich Uwe Jensen vom wulstigen Stamm ab, umrundet in gebührendem Abstand die silbergraue Plane auf dem Boden und kommt auf Harms zu.

»Schussentfernung etwa 25 Meter. Die Experten vermuten eine Jagdwaffe im Kaliber .308 Winchester mit Schalldämpfer. Wird gerne von Sportschützen benutzt. Munition 168 Grains.«

»Ziemlich zielsicher, oder?«

»Ja, Paul, sehr zielsicher. Der Schuss galt eindeutig Jannika Sternberg. Aus 25 Metern genau zwischen die Augen – das war gekonnt.« Er läuft rot an, weil seine Worte fast wie ein Lob klingen. »Ich meine, es war kein fehlgeleiteter Schuss, der eigentlich dich treffen sollte.« Jensen merkt, dass er die Sache mit dieser Korrektur nur schlimmer macht.

»Ist schon okay, Uwe. Ich weiß, was du meinst. Außerdem war die Sternberg aufgestanden, während ich auf der Bank saß. Der Schuss hätte mich um einen halben Meter verfehlt. So stümperhaft geht niemand mit einem Jagdgewehr um.«

Harms blickt auf die Männer der Spurensicherung, die in 25 Metern Entfernung zwischen den Grabreihen mit ihren Geräten hantieren. Das alte Grün des Friedhofs bietet dort perfekte Deckung. Die runde Hecke um die Trauerbuche, Grabsteine, hohe Koniferen und Zypressen. Wer sich unbemerkt anschleichen will, findet keinen besseren Platz.

»Du hast niemanden gesehen?«

»Steht so in meiner Aussage. Stimmt auch so. Ich hatte keine Lust, abgeknallt zu werden, während ich völlig aussichtslos hinter dem Schützen herhetze. Der hätte ja weiter hinter den Gräbern lauern können.«

Jensen nickt.

»Wahrlich kein Ort der Ruhe, an dem du jetzt arbeitest. War es da nicht bei uns gemütlicher?«

Paul Harms legt seinem Ex-Kollegen den rechten Arm um die Schulter.

»Lass es, Uwe. Du musst mich nicht aufmuntern. Humor liegt dir sowieso nicht.«

Das Riesenbaby seufzt.

»Es muss schrecklich sein, plötzlich eine Tote im Arm zu halten.«

Jensen blickt auf die Plane, unter der sich deutlich die Konturen des leblosen Körpers abzeichnen. Jannika Sternberg liegt auf dem Rücken, weil der Gerichtsmediziner die Schusswunde untersucht hat. Die Beine sind angewinkelt, eine Strähne ihres langen dunklen Haares ragt unter der silbergrauen Abdeckung hervor.

Unbemerkt ist Katja Koch an die beiden herangetreten. Sie hat ihr kleines Notizbuch und einen Stift in der Hand.

»Wir werden jetzt herausfinden müssen, was die Frau Ihnen mitteilen wollte. Das hat oberste Priorität.«

»Wir werden es herausfinden. Besser gesagt: Meine ehemaligen Kollegen werden es herausfinden.«

Die BKA-Ermittlerin blickt von einem zum anderen, ihr breites Gesicht mit der großen Nase bleibt dabei unbewegt.

»Ach, bevor ich es vergesse: Brauchen Sie nach diesem Ereignis seelsorgerische Hilfe?«

»Nein«, sagt Harms. »Mit so etwas bin ich verheiratet.«

Samstag, 28. Mai: *Ein Seemann aus Plastik raucht Pfeife, und Harms will ins Kinderheim*

Nordsee. Aber dieses Mal zu zweit. Drei Stunden lang sind sie durchs Watt gewandert, die nackten Zehen voller Schlick. Sie sind über Priele gehüpft und rosigen Quallen ausgewichen. Bis die Flut kam. Paul Harms kennt die Gefahren der Gezeiten, und so haben sie rechtzeitig den Strand erreicht. Das Wasser steigt mit beängstigender Geschwindigkeit. Wo eben ein schmaler Priel floss, breitet sich jetzt ein unüberwindbares Stück Nordsee aus. Sie schauen zu, wie das Meer ihre Füße umspült, treten zurück, warten, und wieder erreichen die Wellen ihre Zehen.

»Wir sollten öfter ans Meer fahren«, schlägt Karla Harms vor. »Wie früher.«

»Ich möchte sogar ganz hierherziehen. Irgendwann.«

»Wenn uns jeden Monat die Rente ins Haus flattert? Fragt sich, ob wir uns dann die Nordsee leisten können.«

Harms lacht, bückt sich nach einer Herzmuschel und wirft sie in gespielter Wut auf seine Frau.

»Du musst eben sparsamer mit dem Haushaltsgeld umgehen.«

Hand in Hand stapfen sie durch den Sand zur nächsten Düne, hinter der ein schmaler Pfad zum Parkplatz führt. Links der aufgetürmte Sand mit Strandhafer, rechts der lichte Wald mit Nadelbäumen. Sie lieben dieses Nebeneinander von Natur, das viele Tagesgäste nie kennenlernen, weil sie sich nur von der Sonne braten lassen.

»Paul.«

»Ja?«

»Warum hast du dich nicht krankschreiben lassen nach der Sache mit Jannika Sternberg? Ich merke doch, wie nah dir das alles geht.«

Paul Harms antwortet nicht. Er bleibt stehen und blickt durch eine Lücke in den Dünen aufs Meer, das jetzt mit weißen Schaumkronen auf den Strand schlägt und Meter für Meter zurückerobert.

»Ich darf nicht darüber nachdenken. Das geht am besten bei der Arbeit, hier an der Nordsee und natürlich in deinen Armen.«

Sie tritt dicht an ihn heran, haucht ihm einen Kuss auf die linke Wange und schlingt ihre Arme um seinen Hals.

»Armer dummer Paul«, flüstert sie ihm ins Ohr.

Er zieht sie an sich, presst seine Lippen auf ihre Lippen, löst die zuvor zu einem Pferdeschwanz zusammengebundenen Haare, bis sie ihr lang und wallend auf den Rücken fallen.

»Wann habe ich dir eigentlich das letzte Mal gesagt, dass ich dich liebe?«

Sie blickt auf ihre Armbanduhr.

»Ich glaube, das war vor genau 317 Tagen, 16 Stunden und 32 Minuten.«

»Du führst Buch?«

»Klar doch, Dummerchen.«

»Trag diesen Moment ein. Er gehört zu den schönsten meines Lebens.«

Sie schlendern weiter am Waldrand entlang. Bis zum Sonnenuntergang sind es noch zwei Stunden. Vielleicht erleben sie ja heute das grüne Leuchten.

»Ich möchte dir etwas zeigen, Karla.«

»Oho. Aber nicht hier in aller Öffentlichkeit!«

»Bitte mach keine Scherze. Es ist mir verdammt ernst. Komm einfach mit.«

Sie beißt sich auf die Lippen. Eine falsche Antwort. Sie hat nicht gemerkt, was in ihrem Paul vorgeht und hätte sich am liebsten geohrfeigt.

Karla folgt ihm, während er zielstrebig den nächsten Waldweg nimmt. Der führt nicht zum Parkplatz, sondern in einen anderen Teil des Ortes. Fernab der Promenade mit ihren Restaurants, Bars und Läden. Der Weg dorthin ist schmal und uneben. Unterholz versperrt den Blick. Sie treten auf Steine, zwischen denen Regenwasser eine Spur in die schwarze Erde gegraben hat. Dann taucht hinter der nächsten Böschung ein gewaltiges Strohdach auf. Paul Harms bleibt stehen.

Karla ergreift seine Hand.

»Was ist das? Ein Hotel?«

»Jetzt ja. Früher war es ein Kinderheim.«

»In dem du zur Verschickung warst?«

»So alt bin ich nun auch wieder nicht. Mein Vater war hier, das muss Ende der 1950er oder Anfang der 1960er-Jahre gewesen sein.«

»Du hast nie viel über deinen Vater gesprochen, Paul. Und

ich habe nie nachgefragt, weil ich merkte, dass es da Dunkles in der Vergangenheit gibt.«

»Dafür war ich dir auch immer dankbar. Komm, wir gehen runter.«

Zusammen erklimmen sie die bewucherte Böschung und schlittern auf der anderen abwärts. Die Erde ist erstaunlicherweise noch feucht und rutschig vom letzten Regen.

»Sieht ganz einladend aus«, sagt Harms. »Bestimmt kann man da unten Kuchen essen.«

Er packt ihre rechte Hand, jedoch nicht zu fest, und zieht sie mit. Die beiden überqueren eine schmale Straße, die nach links direkt zum Strand zu führen scheint. Vor dem alten Kinderheim, das jetzt als Hotel dient, parkt ein roter Geländewagen.

»Hier hat mein Vater sechs Wochen seines Lebens verbracht. Da war er gerade mal zehn Jahre alt«, erklärt Harms. »Ich habe nach seinem Tod eine zerknitterte Ansichtskarte gefunden, auf dem das Kinderheim zu sehen ist.«

Auf den ersten Blick hat sich wenig verändert in all den Jahren. Dasselbe wuchtige Strohdach wie auf dem alten Foto, die weiß gestrichene Fassade, das Sprossenfenster über der Eingangstür. Der gelb-rot-grüne Sonnenschirm, den man auf der Postkarte sieht, fehlt. Wo damals eine Rasenfläche in der Sonne lag, führt jetzt ein Plattenweg durch einen akkurat angelegten Bauerngarten zum Hoteleingang.

Bilder tauchen vor seinen Augen auf, die er sofort wieder verdrängt. Jetzt nicht in irgendwelche Visionen verfallen, du alter Spökenkieker. Keine Visionen von seinem Vater.

Rechts vom Eingang des Hotels steht eine rote Holzbank.

Ein Spatz hüpft über den Plattenweg, flattert zur Bank, auf der ein Seemann aus Plastik hockt und Pfeife raucht. Der Spatz setzt sich auf die Pfeife und schimpft.

Paul Harms zieht seine Frau weiter ins Innere des Hauses. Sie stehen vor einem Rezeptionstresen mit Prospekten, Ansichtskarten und einem Computerbildschirm. Links führt eine offene Glastür in einen Raum, der als Restaurant und Café dient. Rechts erkennt er eine Treppe ins obere Stockwerk, in dem jetzt die Hotelzimmer liegen. Ein Schild mit goldenen Buchstaben auf schwarzem Grund weist nach oben. Damals müssen dort die Schlafräume der Kinder gewesen sein. Ein langer dunkler Flur. Rechts farbige Türen, links Einbauschränke, Kleiderhaken und Fenster. Storchennest. Spatzenheim. Das weiß er aus den Notizen seines Vaters. Es riecht nach Küche. Nach Bratkartoffeln.

»Trinken wir einen Kaffee?«, fragt Karla.

»Nein, es ist schon spät. Vielleicht einen Kakao.« Plötzlich fällt sein Blick auf die Bilder. Sie hängen überall an den Wänden des Foyers. Es sind Schwarzweiß-Fotos, sorgfältig gerahmt und mit Jahreszahlen beschriftet. Juli 1959. Mai 1964. September 1969. Juni 1975. Alles wurde chronologisch geordnet und als Erinnerung an längst vergangene Zeiten der Sommerverschickung aufgehängt.

»Kommt dir etwas bekannt vor?«, fragt Karla. Er nickt. Der runde Esstisch mit der Plastiktischdecke. Die Hocker mit Sitzkissen, der Gummibaum in der Ecke und die braungelb gemusterten Vorhänge. Das kennt er von Bildern aus seinem Familienalbum. Auf dem nächsten Foto sitzen Jungen und Mädchen im Gras vor dem Eingang des Kinderheims, flankiert von zwei Erzieherinnen. Die tragen die Haare hoch toupiert. Unter den Strickjacken mit Hornknöpfen leuchten weiße Kragen.

»Das waren Zeiten, was?« Ein Mann ist unbemerkt nähergetreten. Er hält ein Smartphone in der einen Hand, ein Schlüsselbund in der anderen. Seine Haare sind mit Gel in Form gebracht, sein schwarzes Hemd hat Schweißränder unter den Achseln.

»Mein Vater war vor 60 Jahren hier zur Sommerverschickung«, erklärt Harms. »Wir machen eine Art Zeitreise.«

»Verstehe«, sagt der Mann, dem man ansieht, dass er hinter einen Rezeptionstresen mit Prospekten, Ansichtskarten und Computerbildschirm gehört. »Ich hoffe, er hat ausschließlich gute Erinnerungen an das Kinderheim.«

»Ja, ich glaube schon.«

Paul Harms sieht genauer hin. Nein, sein Vater ist nicht unter den Kindern, die da im Gras hocken. Die Jungen tragen Rollkragen und Pullunder, die Mädchen Hängekleidchen mit runden weißen Kragen.

»Lass uns wieder gehen. Das reicht.« Harms zieht seine Frau wieder hinaus ins Freie. Der Portier blickt ihnen stirnrunzelnd nach.

Neben der Bank mit dem Pfeife rauchenden Seemann aus Plastik bleiben sie stehen.

»Warum hast du mir das gezeigt, Paul?«

»Weil ich dir über meinen Vater erzählen möchte. Was ich von diesem Kinderheim weiß, habe ich nach seinem Tod erfahren. Keine Ahnung, ob er hier glücklich war. Vielleicht haben ihn die Erzieherinnen geschlagen. Wer weiß? Als er an Krebs starb, habe ich alte Fotos in einem Schuhkarton gefunden. Und verblichene Notizen. Da wurde mir erst klar, dass ich ihn nie wirklich gekannt habe.«

»War er streng?«

»Ja. Ich glaube schon. Zumindest verschlossen. In unserer Familie war es nicht üblich, über Probleme zu reden. Persönliches war tabu. Ich wusste nie, was er dachte und warum er so war, wie er war. Gleichzeitig erdrückte er mich mit seiner fürsorglichen Strenge. Er war es, der mir nach dem Abitur die Lehrstelle als Gärtner besorgt hat. Stell dir vor: Ein Junge, der etwas erleben will, der glaubt, dass ihm alle Wege offenstehen, soll in der Erde wühlen und Blumen pflanzen. Ich habe es damals kaum ertragen.«

Sie erklimmen wieder die Böschung, um zurück auf den schmalen Waldweg zu gelangen. Die Sonne verschwindet bereits hinter den Dünen.

»Es war wie eine Befreiung, als ich den Entschluss fasste, in den Polizeidienst zu gehen. Endlich eine eigene Entscheidung! Kommt dir das alles irgendwie bekannt vor?«

»Die Rasmussens?«

»Vielleicht verstehst du jetzt, warum ich mit Hendrik und der kleinen Sarah mitfühlen kann und warum mich der Fall nicht loslässt. Gleichzeitig schotte ich mich von Sarah ab, weil mich so vieles an mich selbst erinnert.«

»Wann habe ich dir eigentlich das letzte Mal gesagt, dass ich dich liebe, Paul?«

Er schaut auf seine Armbanduhr.

»Ich glaube, das war vor genau 276 Tagen, 13 Stunden und 55 Minuten.«

Sie zieht ihn an sich und gibt ihm einen Kuss auf die Stirn. »Dann wird es mal wieder Zeit.«

Mittwoch, 1. Juni: *Würstchen werden kalt, und der Verstand schlägt den Bauch*

Sie treffen sich in der Mittagspause beim Café »Segensreich«. Keine Zeit für Kuchen, also bestellt sich Harms Wiener Würstchen mit Kartoffelsalat. Uwe Jensen blickt angewidert. Das rothaarige Riesenbaby ist Vegetarier.

Die Bedienung bringt schon mal Besteck, Servietten und zwei Flaschen Mineralwasser ohne Kohlensäure an den Tisch. Natürlich auf der Außenterrasse, denn der Mai verwöhnt heute mit Sonne und schon fast hochsommerlicher Wärme.

»Wir kommen nicht weiter, Paul.« Der Kriminalhauptkommissar prüft mit beiden Händen, ob die Mineralwasserflasche tatsächlich die bestellte Zimmertemperatur hat. »Keine verwertbaren Spuren am BMW, nichts im Gartenhaus. Laut Kriminaltechnik ist die Jagdwaffe, mit der auf dem Friedhof geschossen wurde, bislang bei keinem anderen Fall verwendet worden.«

»Also alles Sackgassen?«

»Sieht so aus. Die Sternberg war unsere einzige heiße Spur. Dumm für uns, dass sie tot ist.«

»Für sie aber auch.«

»Wie bitte?« Jensen starrt ihn an. »Entschuldige. Ich weiß, ich denke da manchmal unsensibel.«

»Gibt es denn gar keine Kontakte, die euch weiterbringen? Was ist mit den Studenten in ihrer WG?«

»Man könnte glauben, die Frau hat da nie gewohnt. Doch, hat sie natürlich. Aber wenn du nachfragst, heißt es immer: Ach, wir haben sie eigentlich gar nicht gekannt. Sie war so selten da, und geredet hat sie sowieso nicht mit uns.«

»Handydaten? Festplatten? Notizbücher?«

»Der Laptop war weder in ihrem WG-Zimmer noch im Gartenhaus. Die Telefonverbindungen und WhatsApp-Kontakte aus ihrem Handy sind geprüft. Mariella hat damit zwei Tage verbracht. Alles harmlos. Ihr Zahnarzt, die Uni, Restaurants und Cafés, ein Biohof, zwei Heilpraktiker, ein Blumenladen.«

»Blumen Lüders?«

»Richtig. Außerdem natürlich Hendrik und Holger Rasmussen.«

Paul Harms stutzt.

»Der Vater?«

Gerade bringt die Bedienung den Kantinenteller mit Wiener Würstchen und Kartoffelsalat, wünscht »Guten Appetit« und verschwindet wieder hinter der Glasfassade des Gemeindehauses.

»Merkwürdig, oder? Er gibt zu, dass er sie in letzter Zeit mehrfach angerufen und beschimpft hat. Als Hexe.«

»Da waren Hendrik und Jannika doch schon längst getrennt.«

»Stimmt. Aber Sarah Rasmussen hat ihrem Vater offenbar gesteckt, dass Hendrik nicht von der Frau loskommt. Das kleine Biest spielt falsch. Bei euch jammert sie, wie sehr sie unter ihrem Vater leidet, und dann verpetzt sie den Bruder.«

Harms muss daran denken, was Karla bei ihrem gemeinsamen Ausflug an die Nordsee gesagt hat. Sarah Rasmussen genießt es, im Mittelpunkt zu stehen und rückt nur häppchenweise mit ihrem Wissen heraus. Er sollte noch mal mit ihr reden.

Die Würstchen sind inzwischen kalt, der Kartoffelsalat ist warm.

Harms seufzt und legt Messer und Gabel zurück auf die unbenutzte Serviette.

»Das gibt's doch gar nicht, dass eine junge Frau keine Kontakte hat. Freunde, Freundinnen. Mein Gott, die schicken sich sonst täglich Katzenfotos zu.«

»Die Sternberg nicht. Allerdings ...«

»Ja?«

»Ihr aktueller Handyvertrag ist erst ein halbes Jahr alt. Neuer Anbieter, neue Nummer, neues iPhone. Was vorher war, wissen wir nicht. Die Daten dürfen vom Provider nur zehn Wochen gespeichert werden.«

Ein halbes Jahr? Damals hat sie sich von Hendrik getrennt. Damals sind ihre Eltern bei einem Verkehrsunfall gestorben. Auf der Landstraße nach Kruckhorn. Zufall?

Der Kriminalhauptkommissar schaut auf die Uhr, zuckt mit den Schultern und quält seinen massigen Körper aus dem Gartenstuhl. »Ich muss los. Die BKA-Tante erwartet heute unseren Zwischenbericht.«

Er zückt seine Brieftasche, Harms winkt ab.

»Lass stecken. Du bist eingeladen. Dafür hältst du mich aber weiterhin auf dem Laufenden, okay?«

»Okay. Darf aber die Katja Koch nicht mitkriegen.«

»Sie soll lieber ihre Verbindungen spielen lassen. Vor einem halben Jahr muss irgendetwas passiert sein, in das Jannika Sternberg verwickelt war.«

»Sagt dein Bauch?«

»Sagt mein Verstand.«

Donnerstag, 2. Juni: *Loki will Leckerli, und Karla weiß alles besser*

Loki bellt. Die graue Promenadenmischung hetzt hinter den beiden Joggern her und schimpft. Sie biegen nach rechts in den Gimpelweg der Kleingartenanlage ein, der Hund folgt.

»Loki! Loooki! Hierher!«

Paul Harms wird nie begreifen, wie man seinen kläffenden Liebling ausgerechnet nach der Frau des ehemaligen Bundeskanzlers benennen kann. Jetzt taucht das übergewichtige Frauchen an der Ecke auf und schwenkt eine neongelbe Leine. Sie wedelt mit einem Leckerli. Das wirkt.

»Fein, Loki, super!« Loki springt an ihrer ausgebeulten grauen Jogginghose hoch und schnappt sich das Leckerli.

»Du bist nicht in Form, Paul«, lästert Karla Harms und legt einen Zwischensprint ein.

»Unsinn. Ich habe kurz nach Loki geschaut.«

Er holt sie ein, läuft an ihr vorbei, lacht. Und muss doch schnaufen. Nein, er ist tatsächlich nicht in Form.

Wie lange gehört die morgendliche Laufrunde durch die Kleingärten schon zu ihrem Alltag? Bestimmt drei Jahre. Tut gut. Ist gesund. Harms fühlt sich dabei normalerweise jünger, als er wirklich ist. Heute nicht. Er schwitzt.

»Du denkst wieder an Jannika?«

»Ich denke an Loki«, lügt er, als die beiden wieder nebeneinander laufen. Der von kleinen Steinen durchsetzte Sand knirscht unter ihren schnellen Schritten. Eine Frau, die schon so früh am Morgen in einem Gemüsehochbeet wühlt, grüßt. Harms winkt zurück. Man kennt sich inzwischen zwischen den bunten Gartenhäuschen.

»Uwe hat mir gestern gebeichtet, dass die Polizei keinen Schritt weiterkommt. Das BKA ebenfalls nicht.«

»Da fehlt deine Genialität, Paul.«

»Haha, sehr witzig. Schon eher mein Einfühlungsvermögen. Weißt du, was Uwe gestern gesagt hat? ›Die Sternberg war unsere einzige heiße Spur. Dumm für uns, dass sie tot ist.‹ Er ist echt ein unsensibles Riesenbaby.«

Ein Radfahrer überholt die beiden, Kopfhörer auf den Ohren, einen Rucksack umgeschnallt, einen hechelnden Mops an der Leine. Dessen Röcheln übertönt fast ihre Schritte.

Karla sprintet. Ihre Haare, die sie wieder zu einem Pferdezopf zusammengebunden hat, fliegen durch die Luft. Hin und her. Paul Harms mag das.

»Er kümmert sich bei seinen Fällen zu wenig um die Opfer«, ruft er ihr nach.

Sie bleibt stehen, legt ihre Hände auf die Oberschenkel und schnauft.

»Du aber auch.«

»Wie meinst du das?«

»Du hast dich mit Jannika Sternberg beschäftigt und mit der kleinen Rasmussen. Und was ist mit Hendrik?«

»Hendrik?«

»Er ist das Opfer. Hast du mal seine Spuren verfolgt?

Warst du in der Nähe seiner Wohnung? Was weißt du über seine letzten Tage?«

»Das wird Uwe gemacht haben.«

»Ach, Paul. Du kutschierst mich nach Kruckhorn am Ende der Welt und jagst einem Blumenpapier nach, aber warst du mal im Theodor-Heuß-Weg? Nein. Das wäre dir früher nicht passiert.«

»Weiter!«, sagt er. »Wer als Erstes beim Wasserturm ist.« Er läuft los, weicht Loki aus, die gerade aus einem schmalen Querstieg hervorschießt und einen anderen Jogger hetzt.

Paul Harms blickt sich nicht um. Immer muss Karla besserwisserische Ratschläge geben. Schade, dass sie recht hat.

Sonntag, 5. Juni: *Eine Standuhr tickt, und Paul Harms läuft die Zeit davon*

Die Stube riecht nach Vergänglichkeit. Es ist jene eigenartige Mischung, die man oft in den Wohnungen alter Menschen vorfindet und die sich nicht mal durch Lüften vertreiben lässt. Muffig, staubig, ein wenig süß und warm. Jeder Sessel verströmt diesen Geruch, jedes Spitzendeckchen, jedes verblühte Usambaraveilchen. Dazu tickt die Standuhr. Tick Tack Tick Tack. Fast so, als würde sie seit Jahrzehnten die Zeit zählen, ohne dass die Zeiger vorrücken müssen. Ein Takt um des Taktes willen, ein Warten um des Wartens willen.

Aus der Küche dringt das Klappern von Tellern und reißt Harms aus seinen Gedanken von Vergänglichkeit. Lisa Krogmann kocht. So war das nicht geplant. Eigentlich wollte er sich im Theodor-Heuß-Weg umsehen und ein wenig mit den Nachbarn plaudern. Hendrik Rasmussen wohnte in der zweiten Etage, der Name steht weiterhin an der Tür. Also hat er an der Nebenwohnung geklingelt. Krogmann.

»Das ist aber eine Überraschung, Herr Harms«, hat ihn die Alte begrüßt. »Kommen Sie doch rein.« Elisabeth Krogmann. Er kennt sie vom Friedhof. Dritte Reihe rechts, das fünfte Grab. Heinz Krogmann. 1932 bis 2009. Dort hat er erst vor wenigen Wochen Flieder und Goldregen neu gesetzt.

Lisa kommt mindestens einmal in der Woche, um das Grab zu harken. Sorgfältig, fast kunstvoll, mit wechselnden Mustern. Jetzt hantiert sie mit Töpfen und Tellern in der Küche. Es gibt Bohnen, Birnen und Speck. Eine Ablehnung dieser Einladung hätte die alte Frau vermutlich am Leben verzweifeln lassen.

»Decken Sie schon mal den Tisch, junger Mann«, sagt sie und schlurft im Takt der Standuhr mit ihren Goldrandtellern zu Harms in die Stube. Ihre grauen Augen leuchten, als wäre dieser Besuch wie ein Festtag, und das ist er wohl auch. Zum Wochenende hat sie offenbar ihre Dauerwelle erneuern lassen. Das geblümte Kleid wirkt ebenso frisch gebügelt wie die karierte Schürze.

Während Paul Harms die Sonntagsteller und das Silberbesteck sorgsam auf der Tischdecke verteilt, bringt sie bereits das Essen. Wiederum schlurfend und die Schüsseln erstaunlich sicher mit ihren knotigen Fingern balancierend.

»Das hat der Hendrik immer so gern gegessen«, sagt sie und seufzt. »Ja, der Hendrik. Das ist ja so traurig. Wusste gar nicht, dass Sie ihn kannten, Herr Harms.«

»Sie haben sich bestimmt immer liebevoll um ihn ge-kümmert, oder?«

Lisa Krogmann nickt.

»Kommen nicht allein zurecht, diese jungen Leute. Immer Fertiggerichte, das gibt keinen Mumm in die Knochen. Ganz verhungert sah er aus.«

Die Krogmann zelebriert das Auffüllen des traditionellen norddeutschen Gerichts wie ein Ritual. Die halbierten Bir-nen, eine Scheibe durchwachsenen Speck, die Kartoffeln, Bohnen. Verwundert starrt Harms auf die sämige helle Mehlschwitze. Kein Bohnenkraut? Das kennt er anders.

»Ich schreibe Ihnen nachher das Rezept auf«, verspricht Lisa Krogmann kauend. »Dann können Sie Ihre Frau damit überraschen.« Bei den Kochkünsten des ehemaligen Kri-minalhauptkommissars wäre das allerdings wirklich eine Überraschung.

»Haben Sie Hendrik mal das Rezept gegeben, damit er seine Freundin damit überraschen konnte?«

»Ach, die Jannika. Wenn sie hier war, hatten die beiden was anderes im Kopf als Kochen.« Sie zwinkert Harms zu, während eine weitere halbierte Birne auf ihrem Goldrand-teller landet.

»Aber nett war sie, doch, doch. Hat mir mal eingemachte Bohnen und Birnen mitgebracht. Alles bio, hat sie gesagt.«

»Wann war das?«

»Vor etwa einem halben Jahr.« Sie überlegt. »Genau, kurz bevor sie sich von Hendrik getrennt hat. Das war wirklich ein schwerer Schlag für den armen Jungen. Warten Sie, Herr Harms, ich zeige Ihnen das mal.«

Bevor der protestieren kann, springt sie überraschend flink auf, verschwindet in der Küche, kommt mit einem leeren Weckglas zurück und stellt es neben ihren Gast auf die weiße Tischdecke.

Harms heuchelt Interesse. Ein leeres Weckglas also, mit handgeschriebenem Etikett. Biohof Kröger, Groß-Langenmoor. Ihm fällt der Ausflug zum Unfallort der Sternbergs ein. Die Abzweigung hinter dem Waldstück. Groß-Langenmoor. Nicht weit von Kruckhorn entfernt. Passt.

Nicht nur das leckere Essen zaubert jetzt ein Lächeln auf sein Gesicht. Tick Tack Tick Tack, macht die Standuhr. Lisa Krogmann schweigt und kaut.

»War eigentlich seine Freundin später hier?«

»In letzter Zeit? Nein, das hätte ich gemerkt. Aber Hendrik war ganz verrückt nach ihr. Und Sorgen hat er sich um sie gemacht. Ganz große Sorgen. Lisa, hat er zu mir gesagt, ich muss sie da rausholen.«

Ein strunkiges Bohnenstück bleibt ihm im Hals stecken. Er muss husten, was die alte Frau mit einem besorgten Blick quittiert. Harms legt Messer und Gabel zur Seite. Ein heller Fleck bleibt auf der gestärkten Tischdecke zurück.

»Hat er gesagt, warum er sich Sorgen um Jannika macht?«

Lisa Krogmann wackelt unschlüssig mit dem Kopf.

»Nicht direkt. Aber dass sie sich so verändert hätte. Dass er sie gar nicht mehr gekannt hätte. Ach, der arme Junge. Geht es wenigstens der Jannika gut?«

Sie weiß es also nicht. Harms überlegt fieberhaft, ob er ihr die Wahrheit zumuten kann. Nicht die volle Wahrheit.

»Jannika Sternberg ist leider vor zwei Wochen gestorben.«

Jetzt legt auch sie Messer und Gabel zur Seite. Am rechten Mundwinkel hängt Mehlschwitze. Es ist plötzlich still im Zimmer. Hat die Standuhr das Ticken eingestellt?

»So, ist sie also tot, die Jannika.« Viel Trauer liegt nicht in diesen Worten. »Hendrik hat das ja vorhergesehen. Lisa, hat er gesagt, das wird schlimm enden. Und jetzt …«

Den Satz beendet sie nicht. Vielleicht grübelt sie über Schicksal und Vergänglichkeit nach. Harms blickt sich nachdenklich im Zimmer um. Warum überkommt ihn so ein ungutes Gefühl? Sein Blick fällt auf eine Reihe von silbergerahmten Fotos, die auf dem Eichenschrank stehen. Schwarz-Weiß. Männer in dunklen Anzügen mit Schlips, Frauen in Kleidern mit Spitzenkragen. Ein Hochzeitsbild: Lisa als junge Frau mit einem Blumenstrauß im Arm, daneben ihr Bräutigam, den sie jetzt jede Woche besucht, um sein Grab zu harken. Ein junger Mann in Wehrmachtsuniform, der voller Lebenslust in die Kamera lächelt. Ihr Sohn? Nein, das passt zeitlich nicht. Vielleicht ein Bruder, der im Krieg gefallen ist?

»Danke für das Essen, Frau Krogmann. Ich muss jetzt wieder weiter. Meine Karla wartet bestimmt schon.«

Die alte Frau tupft sich mit dem Tischtuch die Mehlschwitze vom Mund, dann steht sie schwankend auf.

»Kommen Sie doch mal wieder vorbei«, sagt sie und schlurft zur Tür. »Ich kriege so selten Besuch. Jetzt, wo der Hendrik tot ist. Und die Jannika.«

Harms wirft einen letzten Blick auf den Eichentisch mit den Sonntagstellern, den Schüsseln und dem Silberbesteck, auf die tickende Standuhr und die vielen gerahmten Schwarz-Weiß-Fotos, dann drückt er der alten, jetzt in Gedanken versunkenen Frau die Hand und schließt schweigend die Tür.

Dienstag, 7. Juni: *Auf der Dorfstraße wird es dunkel, und der Polizei geht ein Licht auf*

»Lass mich bloß mit deinem blöden Kruckhorn in Ruhe.«

Kriminalhauptkommissar Uwe Jensen sitzt hinter seinem Schreibtisch und blättert in einer schwarzen Aktenmappe. Das Gesicht hat fast die Farbe seiner Haare. Knallrot. Schweißtropfen perlen auf seiner Stirn. Er knallt die Mappe neben den Computermonitor auf die Schreibunterlage, stößt seinen Bürostuhl zur Seite, geht an Harms vorbei und reißt das Fenster auf. Straßenlärm dringt herein, ein Auto hupt.

»Was soll ich dem BKA sagen? Bitte stürmt einen Biohof, weil Jannika Sternberg dort ein Weckglas mit Bohnen gekauft hat?«

»Uwe, du bist gereizt.«

»Ist das ein Wunder? Hier, lies. Aber erzähl niemandem, dass du das von mir hast.«

Er geht zurück zum Schreibtisch und holt die schwarze Aktenmappe. Paul Harms setzt sich und blättert. Tatort-Fotos, Berichte der Kriminaltechnik, Aussagen von Zeugen.

»Tatwaffe war das Jagdgewehr, mit dem Jannika Sternberg in deinen Armen erschossen wurde, Paul! Und das in Marktfeld. Sachsen-Anhalt!«

Paul Harms liest die Berichte, während Uwe Jensen am offenen Fenster steht und den Stau vor dem Polizeigebäude verfolgt. Ein Falschparker blockiert die Straße, sodass ein Fahrzeug der Stadtreinigung feststeckt. Wütendes Schimpfen, nerviges Hupkonzert. Er schließt das Fenster wieder.

Harms starrt auf das Foto vom Tatort. Ein älterer Mann, lange silbergraue Haare, zwischen seinen Augen klafft ein hässliches Loch. Dann passiert es wieder.

Samstag, 21.47 Uhr. Werner Kuczinski hat seinen weißen Hyundai i20 auf dem Parkplatz neben der Kirche abgestellt. Er holt seinen Aktenkoffer vom Rücksitz, prüft in alter Gewohnheit, ob die Türen verschlossen sind und überquert die menschenleere Dorfstraße. Die Abenddämmerung hat bereits eingesetzt und hüllt die schmalen Fachwerkfassaden in kühles Zwielicht. Die Straßenbeleuchtung wird gerade erneuert. Kuczinski blickt auf seine Uhr. Noch 13 Minuten, bis er bei seinem Klienten sein muss. Normalerweise trifft er so spät keine Verabredungen mehr, aber Michael Biernatzki ist ein alter Schulfreund. Sie werden mehr über alte Zeiten reden als über die Klage, mit der die Bürgerinitiative das Errichten des Windparks verhindern will.

Kuczinski hat Zeit. Er streicht seine grauen Haare aus dem Gesicht und knotet sie im Nacken zusammen. Der Tag im Gericht war anstrengend genug. Am liebsten hätte er jetzt ein Bier getrunken, aber der letzte Gasthof des Dorfes ist längst abbruchreif. Unrentabel. Als der Wirt starb, ist der Sohn in die nächste Stadt gezogen und hat das Haus verfallen lassen. An alte Zeiten erinnert die Hasseröder-Reklame über dem Eingang.

Die unheimliche Stille auf der Dorfstraße macht ihm nichts aus. Er liebt die Stille, die Abgeschiedenheit, das irreale Gefühl, völlig allein in einer Stadt zu sein. Aus einigen Wohnungen fällt Licht auf den Asphalt. Die Stimme eines Sportreporters hallt plötzlich auf die Straße, als auf der gegenüberliegenden Seite ein Fenster geöffnet wird. Kuczinski blickt nach oben. Michael Biernatzki steht am Fenster und winkt. Es ist 21.58 Uhr.

Sein Schulfreund winkt erneut und ruft etwas, das im Torjubel aus dem Fernsehgerät untergeht. Werner Kuczinski lacht. Er sieht nicht den Wagen, der mit ausgeschalteten Scheinwerfern langsam aus Richtung Kirche näher kommt. Es ist ein schwarzes Fahrzeug ohne Kennzeichen. Ein Mercedes. Die hintere Seitenscheibe auf der Fahrerseite ist heruntergelassen, aus der Öffnung ragt der Lauf eines Gewehres mit Schalldämpfer. Als der Wagen direkt neben Kuczinski vorbeirollt, fällt der Schuss. Ein einziger. Der Fahrer gibt Gas, und mit quietschenden Reifen rast der Mercedes über die Dorfstraße. Der Mann mit der Aktentasche unter dem Arm fällt rücklings auf den Asphalt. Seine leeren Augen starren in den Himmel, wo sich gerade eine Wolke vor den Mond schiebt.

»Eine Jagdwaffe im Kaliber .308 Winchester mit Schalldämpfer. Munition 168 Grains. Genau wie auf dem Friedhof.«

Mühsam findet Paul Harms zurück in die Wirklichkeit.

»Die Kriminaltechniker sagen, es ist mit an Sicherheit grenzender Wahrscheinlichkeit dieselbe Waffe.«

»Was war dieser Kuczinski für ein Mensch?«, fragt Harms. »Ich meine, unabhängig davon, was in den Berichten steht.«

Uwe Jensens Gesicht hat mittlerweile eine gesündere Farbe angenommen. Er breitet vieldeutig die langen Arme aus.

»Katja Koch sagt, er stand nicht unter Beobachtung. Obwohl er als Anwalt ziemlich illustre Klienten vertrat. Du hast ja die Fotos gesehen. Die langen grauen Haare, im Nacken geknotet, Jeans, ein alter Parka. Er fühlte sich den 68ern nahe, und so trat er vor Gericht auf.«

»In Politprozessen?«

»Oft. Das Verrückte ist, dass er sowohl Linke als auch Rechte verteidigt hat. Er machte da keine Unterschiede. Mal ging es um Gewalt von links, mal um Neonazi-Terror. Du erinnerst dich vielleicht an den Fall aus Schwarzbach, als drei Jugendliche eine Syrerin überfallen und ihr ein Hakenkreuz in die Stirn geritzt haben.«

Paul Harms muss an das Hakenkreuz auf dem Grab von Hendrik Rasmussen denken. An das »Fahr zur Hölle!« neben dem Namen des toten Studenten. Gibt es da Zusammenhänge?

»Ich weiß, was du jetzt denkst, Paul.« Der Kriminalhauptkommissar nimmt die schwarze Aktenmappe und schließt sie in seinen Schreibtisch ein. »Bislang haben wir keinerlei Verbindungen zwischen Kuczinski, Hendrik Rasmussen und Jannika Sternberg finden können. Die einzige Gemeinsamkeit ist die Tatwaffe. Aber das BKA durchleuchtet natürlich weiter die Vergangenheit des Anwalts.«

»Bist du überhaupt noch für den Fall zuständig?«

Jensen holt tief Luft. Dann tritt er wieder ans Fenster und blickt hinaus auf die Straße. Der Verkehrsstau hat sich mittlerweile aufgelöst.

»Bin ich. Aber wer weiß, was morgen ist?«

Harms schaut unbewusst auf den WWF-Kalender an der

zweckmäßig weiß gestrichenen Wand. Jemand hat um-geblättert. Das Mai-Motiv zeigt tatsächlich einen jungen Löwen.

KAPITEL 3

Donnerstag, 9. Juni: *Eine Riesin überrascht, und Harms sieht Gespenster*

Heute sind ihre Haare blau. Paul Harms legt den neuen Gasbrenner zur Seite, mit dem er gerade den Hauptweg von Unkraut befreit hat, und blickt auf. Katja Koch ist mindestens 1,95 Meter groß und überragt den schmächtigen Friedhofsgärtner um mehr als einen Kopf. Ihm wird klar, dass sie von oben auf ihn herabblickt und vermutlich die beginnende Glatze bemerkt. Er wird kahl. Seine Augenbrauen und Wimpern sind sowieso schon ausgefallen. Das hat andere Gründe. Autoimmunreaktion, sagt der Arzt. Spätfolgen des Polizeijobs? Egal. Vielleicht sollte er seine Haare ebenfalls blau färben. Ihr steht es jedenfalls besser als das kreischige Rot der letzten Wochen.

»Haben Sie ein paar Minuten Zeit für mich?«, fragt die BKA-Ermittlerin. Harms nickt, sichert den Gasbrenner und folgt der Frau zur Bank unter der Trauerbuche. Sie trägt eine schwarze Rüschenbluse und eine weite karierte Baumwollhose. Beides lässt ihre Figur noch gewaltiger wirken.

Sie setzt sich, streckt ihre Beine aus und schließt kurz die Augen, um die Junisonne zu genießen. Dann blickt sie nach oben in die knorrigen Äste der Trauerbuche, die jetzt alles mit ihren üppigen Blättern wie ein Wasserfall einhüllt.

»Was ist ein Spötenkieker, Herr Harms?«

Er zuckt zusammen. Mit der Frage hat er nicht gerechnet.

»Spökenkieker«, verbessert er schließlich. »So was wie Geisterseher oder Hellseher. Lesen Sie es am besten bei Wikipedia nach.«

»Als Badenerin kenne ich mich nicht so aus. Kieken bedeutet bei Ihnen im Norden schauen, oder?«

Harms nickt.

»Und Spöken?«

»Spuken, herumgeistern.«

»Glauben Sie daran, Herr Harms?«

Er zögert. Ausgerechnet auf einem Friedhof, zwischen alten Grabsteinen, Engeln und dem Glimmen der roten Grablichter möchte er nicht über solche Fragen nachdenken.

»Ich weiß es nicht.«

Sie lacht. Zum ersten Mal sieht Harms eine Regung in ihrem breiten Gesicht mit der großen Nase.

»Ihre Kollegen haben Ihnen trotzdem diesen Spitznamen verpasst.«

Uwe Jensen! Verdammt, warum kann das Riesenbaby seinen Mund nicht halten! Oder ob Mariella Pelanda dahintersteckt? Die kleine Italienerin hat sich vielleicht von dieser rot- oder blauhaarigen Riesin einschüchtern lassen. Paul Harms steht auf und geht ein paar Schritte, unwillkürlich auf genau jene Stelle zu, von der die tödlichen Schüsse auf Jannika Sternberg fielen. Er blickt nach unten und sieht wieder die silbergraue Folie, unter der sich der leblose Körper abzeichnet.

»Sind Sie ein Spökenkieker, Herr Harms?«

»Das ist etwas anderes.« Er setzt sich zurück auf die Bank neben Katja Koch. »Ich sehe nicht in die Zukunft. Das sind Filme, die vor meinen Augen ablaufen. Nichts Neues oder Geisterhaftes. Mein Kopf setzt einfach alles zusammen. Andere kennen dieselben Bilder, Informationen und Zeugenaussagen. Aber ich sehe das, als wäre ich selbst dabei. Meine Frau meint, ich wäre hypersensibel.«

Nichts Neues oder Geisterhaftes? Bis vor Kurzem hat er das selber geglaubt.

Die BKA-Riesin schlägt die Beine übereinander und lehnt sich auf der Friedhofsbank zurück. Ihre kurzen blauen Haare berühren den Schmetterlingsflieder hinter ihr. Ein Zitronenfalter flattert auf.

»Haben Sie deshalb den Dienst quittiert?«

Paul Harms erzählt diese Geschichte nicht gern in allen Einzelheiten. Schon gar nicht einer Katja Koch vom BKA. Also nickt er nur.

»In Ihrer Personalakte steht, Sie haben nach dem Abitur eine Gärtnerlehre gemacht.«

»Was wollen Sie von mir? Warum schnüffeln Sie in meinem Privatleben herum? Ich bin nicht mehr bei eurem Verein.«

Sie lacht wieder.

»Ich mag Kriminalhauptkommissar Uwe Jensen. Er ist ein fähiger Polizist. Aber er hat keine Fantasie. Kein Einfühlungsvermögen. Ungewollt trampelt er auf den Gefühlen der Menschen herum. Wie ein Elefant im Porzellanladen. Oder wie ein Riesenbaby. Sie, Herr Harms, haben Fantasie. In der Personalakte steht, dass Sie mit Ihren Methoden Erfolg hatten.«

Katja Koch steht auf und reckt sich, weil die Friedhofsbank viel zu klein und unbequem für ihren mächtigen Körper ist.

»Lassen Sie es mich so formulieren: Paul Harms hat sich in diesen Fall eingemischt, obwohl er ... wie er eben selbst so schön sagte ... nicht mehr zu unserem Verein gehört. Okay, er war direkt betroffen. Die Brandstiftung im Geräteschuppen, der Tod von Jannika Sternberg. Wenn es nach mir ginge, soll er ruhig weitermachen. Wir brauchen Leute mit Fantasie. Meine Chefs denken da aber anders drüber.«

»Lange Rede, kurzer Sinn: Ich soll die Finger von der Sache lassen.«

Sie baut sich fast drohend vor ihm auf, die Hände in den Taschen ihrer weiten karierten Baumwollhose vergraben. Durch den Blätterwasserfall der Trauerbuche fällt ein Lichtstrahl genau auf ihren Kopf und bringt die blauen Haare zum Leuchten.

»Das haben Sie gut zusammengefasst. Und wie gesagt: Das ist nicht unbedingt meine Meinung.«

»Ich werde es mir überlegen«, sagt Paul Harms, steht auf, will ihr die Hand geben und geht doch grußlos zurück zu seinem Gasbrenner. Das Unkraut wartet.

Freitag, 10. Juni: *Die Bohnen verspäten sich, und eine Verehrerin verpasst einen Denkzettel*

»Du hast Besuch«, sagt Karla Harms.
  »Wieder die kleine Rasmussen?«
  Karla grinst.

»Deine Chancen bei der Jugend lassen nach. Die neue Verehrerin ist mindestens 80.«

Lisa Krogmann? Harms seufzt. Vielleicht bringt sie das Rezept für Bohnen, Birnen und Speck, das sie am Sonntag vergessen hat. Erst mal die Hände waschen und umziehen. Der bequeme Jogginganzug statt Jeans und Pullover. Für Sarah Rasmussen hätte er wohl mehr Wert auf sein Äußeres gelegt.

Lisa Krogmann hat es sich inzwischen auf dem blau-grün gestreiften Sofa bequem gemacht. Die sonst achtlos verteilten Kissen liegen ordentlich drapiert in den Ecken, jedes mit einem Knick in der Mitte.

»Entschuldigen Sie bitte, dass ich Sie nach Feierabend in Ihrer Wohnung störe, Herr Harms«, sagt sie mit leiser Stimme, als er das Zimmer betritt. »Aber ich habe da was für Sie.«

Das Rezept. Karla wird sich freuen. Während Harms seinen melangegrauen Jogginganzug trägt, hat sich Lisa Krogmann fein gemacht. Akkurate Dauerwelle, von einigen Haarnadeln gestützt, ein Kleid aus bordeauxrotem glänzendem Stoff, unter den Kragenecken ragen weiße Applikationen hervor. Um den Hals hängt eine Perlenkette, eine Goldbrosche schmückt ihre Brust. Irrt er sich oder liegt tatsächlich Missbilligendes in ihrem Blick, als sie ihn von oben bis unten betrachtet?

Harms will sich auf seinen Lieblingssessel am Fenster setzen, seine unerwartete Besucherin hält ihn zurück.

»Bitte sehen Sie sich das mal genau an, Herr Harms.«

Sie hält ihm zwei Zettel hin, er wirft einen flüchtigen Blick drauf. Grüne Bohnen, Bürgermeisterbirnen, mehlig kochende Kartoffeln, zwei Scheiben durchwachsenen Speck. Dann stutzt er. Der zweite Zettel stammt nicht von Lisa Krogmann. Andere Handschrift. Nicht sauber und ordentlich wie beim Rezept, sondern winzige, kaum lesbare Buchstaben. Normalerweise trägt er keine Brille, braucht er nicht, will er nicht. In diesem Fall hilft Eitelkeit nicht weiter. Er holt seine Lesebrille vom Kirschbaumschrank, wo sie stets hinter dem Rauchverzehrer in Stierform liegt. Seine Besucherin lächelt.

Karla Harms kommt gerade ins Zimmer und bringt Kaffee. Koffeinfrei, denn es ist schon spät. Sie stellt die Porzellankanne und zwei Tassen auf den Glastisch, holt aus dem Schrank eine Schale mit Haferkeksen und schenkt ein. Lisa Krogmann nimmt dankbar die Tasse zwischen beide Hände. So verschüttet sie nichts. Sie zittert leicht.

Inzwischen versucht Paul Harms, die Schrift auf dem zweiten Zettel zu entziffern. Der wurde offenbar aus einem Notizbuch herausgerissen, der linke Rand ist unregelmäßig ausgefranst. Ein Datum: 14. September. Eine Adresse: Wilckensallee. Zwei Namen: Berthold Goldmann, Marcel Le Blanc. Darunter steht rot unterstrichen: Lüders? Kuczinski fragen!

»Woher haben Sie den Zettel?«, fragt Harms.

Lisa Krogmann knabbert gerade vorsichtig an einem Haferkeks.

»Von Hendrik. Also eigentlich nicht direkt. Er lag als Lesezeichen in einem Buch, das er mir mal geliehen hat. Ab und zu lese ich gerne einen Krimi.« Es klingt entschuldigend. »Der arme Hendrik hatte doch alle Maigret-Romane. Und weil er jetzt tot ist, habe ich das Buch noch mal gelesen, und da fiel der Zettel raus.«

»Sie sollten damit zur Polizei gehen.«

»Ach, die Polizei. Die stellen immer so viele Fragen. Nein, nein, Herr Harms, da sind Sie der Richtige.«

Karla schenkt ihr Kaffee nach, einen weiteren Haferkeks lehnt ihr Gast allerdings freundlich ab.

»Vielen Dank, Frau Krogmann. Ich werde mich um die Sache kümmern. Vielleicht hilft uns das tatsächlich weiter.«

Sie stemmt sich aus dem blau-grün gestreiften Sofa hoch, glättet das Kissen, das sie sich in den Rücken gestopft hatte und wirft einen Blick auf die Fotos im Kirschbaumschrank. Karla und Paul am Nordseestrand, im Hintergrund der Leuchtturm. Karla und Paul vor dem Standesamt. Sie im kurzen weißen Spitzenkleid, einen geflochtenen Blumenkranz im Haar, er in einem hellblauen Anzug mit Fliege.

»Da sahen Sie aber eleganter aus, junger Mann«, sagt Lisa Krogmann und begutachtet ihn zum Abschied von Kopf bis Fuß. Karla grinst.

Samstag, 11. Juni: *Harms isst Eis, und eine Spur führt ins Feuer*

Paul Harms soll ja die Finger von der Sache lassen. Also steckt er den ominösen Zettel in einen Umschlag, schreibt ein paar erklärende Zeilen und gibt den Brief schon am Vormittag im Kommissariat ab. Zu Händen Kriminalhauptkommissar Uwe Jensen. Der zweite Umschlag mit einer Kopie geht an Katja Koch. Damit dürfte der Ordnung Genüge getan sein. Schließlich kann er nichts dafür, wenn die alte Dame einem Friedhofsgärtner mehr vertraut als der Polizei.

Der 14. September des vergangenen Jahres. Etwa zu diesem Zeitpunkt hat sich Jannika Sternberg von Hendrik getrennt. Und ihre Eltern verunglückten auf der Landstraße nach Kruckhorn. Merkwürdiger Zufall. Er erinnert sich an sein Gespräch mit Jensen und den Rat für die BKA-Ermittlerin: »Sie soll lieber ihre Verbindungen spielen lassen. Vor einem halben Jahr muss irgendetwas passiert sein, in das Jannika Sternberg verwickelt war.« Am 14. September?

Während Harms zu Fuß vom Kommissariat zum Café »Ginas Eis & Heiß« schlendert, geht er alle Fakten noch einmal durch. Viel ist es nicht, was er im Internet gefunden hat. Der Suchbegriff »14. September« bringt nichts Verdächtiges. Bei »Berthold Goldmann« stößt man auf einen 1913 in Bukarest geborenen Juristen namens Berthold Goldmann, diverse »Marcel Le Blancs« sind weltweit als Filmproduzenten, Testpiloten oder Musiker tätig. Keinerlei Verbindungen zu Hendrik Rasmussen erkennbar.

Die einzige vielversprechende Spur führt zum Großbrand in einer Kollbeker Druckerei. Wilckensallee 33. Ein Artikel auf den Online-Seiten des Lokalblatts berichtet kurz und knapp, dass am 14. September aus ungeklärter Ursache im Keller ein Feuer ausbrach und erschreckend schnell um sich griff. Obwohl die Feuerwehr mit mehreren Löschfahrzeugen vor Ort war, brannte das Gebäude bis auf die Grundmauern nieder. Dabei fand der Geschäftsführer der Druckerei, ein gewisser Berthold G., den Tod. Offenbar hatte er im Büro übernachtet und starb an Rauchvergiftung. Brandstiftung nicht ausgeschlossen. Berthold G.? Berthold Goldmann?

Paul Harms wählt den Weg durch den Vahlpark. Er liebt

die alten Eichen, die hier so dicht stehen, dass sich ihre Kronen berühren und ein einziges Schatten spendendes Blätterdach bilden. Die Junisonne wärmt zwar noch nicht an diesem Vormittag, doch der Wetterbericht verspricht hochsommerliche Temperaturen.

Zeit für ein Eis. Das Café »Ginas Eis & Heiß« ist trotzdem aus einem anderen Grund sein Ziel. Er weiß, dass er dort Halit Erkin treffen kann. Der Fotograf gehörte zu den Reportern am Grab von Hendrik Rasmussen. Sein Name steht auch unter den Bildern der brennenden Druckerei. Ein kurzer Anruf heute Morgen genügte. Treffpunkt Eiscafé um 11 Uhr. Erkin ist dem ehemaligen Kriminalhauptkommissar einige Gefallen schuldig.

»Neueröffnung« steht in großen roten Lettern auf der Schaufensterscheibe. Das Gebäude selbst ist eher schmucklos. Ein Gelbklinkerbau aus den 1970er-Jahren mit Kiosk und Änderungsschneiderei im Erdgeschoss. Die Stühle vor dem Eckcafé sind ineinander gestapelt und mit einer Kette gesichert. Harms klopft an die Scheibe, die später zur Seite geschoben werden kann, um die Kunden vor dem Laden zu bedienen. Der Platz im Innenraum ist knapp. Zwei Tische mit grünweißen Plastikdecken.

Halit Erkin taucht hinter der Scheibe auf und winkt Harms zur Seitentür. Dort begrüßt ihn schwanzwedelnd ein West Highland White Terrier.

»Fatih, lass das«, schimpft der Fotograf. Was macht der Hund im Eiscafé? Harms runzelt die Stirn, lächelt aber sofort wieder, um Halit Erkin nicht zu verärgern.

»Haben Sie die Fotos?«

»Klar. Ich musste zwar ziemlich tief in meinem Digitalarchiv wühlen, aber es ist alles da. Warten Sie, gleich kommt meine Eisprinzessin, dann schauen wir uns die Bilder in Ruhe an.«

Von seiner Arbeit als Fotograf kann Erkin nicht leben, also setzt er zusammen mit seiner Freundin auf dieses zweite Standbein. Das Eis machen sie selber, angeblich nach alten Familienrezepten. Gina heißt allerdings eigentlich Inga und kommt aus Kopenhagen.

»Schokolade oder Vanille?«

»Wie bitte?«

»Möchten Sie so lange ein Eis?«

Harms wirft einen Blick auf die Tafel mit den aktuellen Sorten.

»Bitte Basilikum-Limette.«

Halit Erkin pfeift durch die Zähne.

»Waffel oder Becher?«

»Waffel.«

Gerade als Harms die Waffeltüte mit der Basilikum-Limette-Kugel in die Hand nimmt, geht die Tür auf, und Inga kommt herein. Der Terrier saust kläffend auf sie zu, springt an ihr hoch, wedelt aufgeregt mit dem Schwanz. Sie bückt sich, und die kleine rote Hundezunge schlabbert ihr braun gebranntes Gesicht ab. Die Nase, das Kinn, die aufgespritzten Lippen. Dann wendet sich Inga ihrem Freund zu und küsst ihn liebevoll auf den Mund. Harms schluckt. Hundefreunde sind manchmal schmerzbefreit, wenn es um Hygiene geht. Er schaut auf die Eiskugel, auf Inga mit ihren langen lila Fingernägeln, auf den West Highland Terrier Fatih, dem weiterhin die Zunge aus der Schnauze hängt. Von seinen morgendlichen Laufrunden durch die Kleingärten weiß er, wo Hunde überall schnuppern und was sie in sich hineinfressen, wenn Herrchen oder Frauchen nicht rechtzeitig »Pfui!« rufen.

»Kommen Sie. Gehen wir nach draußen. Dann kann Inga hier weitermachen.« Nachdem Halit Erkin zwei Stühle von den Ketten befreit hat, setzen sich die beiden in die Sonne vor dem Laden, und der Fotograf klappt sein MacBook auf. Die Datei mit den Fotos vom 14. September hat er bereits geöffnet.

»Das Ganze war ziemlich mysteriös. Eindeutig Brandstiftung. Soweit ich weiß, hat die Polizei den Fall aber nie klären können.«

»Der Tote war Berthold Goldmann?«

»Richtig. Der Geschäftsführer der Druckerei. Er muss eingeschlafen sein und ist an Rauchvergiftung gestorben. Andere Verletzungen konnten nicht festgestellt werden.«

»Gab es damals Gerüchte? Ich meine, meistens wird doch in der Nachbarschaft über das Motiv gemunkelt.«

»Davon weiß ich nichts. Da müssen Sie schon Ihre ehemaligen Kollegen fragen. Sehen Sie hier, das war das erste Foto, das ich gleich nach meiner Ankunft gemacht habe.«

Auf dem Bildschirm sieht Harms die Löschfahrzeuge der Feuerwehr. Dichter Rauch hüllt das ganze Gebäude ein, aus den zerborstenen Fensterscheiben schlagen Flammen. Im Vordergrund steht der Einsatzleiter mit einem Funkgerät. Weiterblättern. Eine Nahaufnahme des Brandinfernos. Weiterblättern. Feuerwehrmänner in Schutzanzügen, Druckschläuche, die aufs Dach der Druckerei gerichtet sind.

»Das gelagerte Papier hat natürlich besonders schnell Feuer gefangen«, erklärt Halit Erkin.

»Wie viele Fotos haben Sie eigentlich von dem Brand?«

»Viele. Ich habe halt mit der Kamera draufgehalten. Irgendwas Brauchbares ist immer dabei.«

Er scrollt jetzt schneller durch die Aufnahmen. Einige sind unscharf, andere zeigen Teile des brennenden Hauses.

»Stopp!«, sagt Harms. »Was ist das?«

»Schaulustige. Sie wissen, wie schnell die Gaffer zur Stelle sind.«

»Kann man das vergrößern? Diesen Ausschnitt mit den Gaffern?«

»Aber klar.«

Er zoomt auf die Menschen, deren Gesichter vom Feuerschein gerötet sind. Ein uniformierter Polizist versucht gerade, sie zurückzudrängen. Kinder starren mit offenem Mund auf die züngelnden Flammen, eine Frau mit einer Katze im Arm drängt sich in die vorderste Reihe. Daneben steht ein Mann, der sich auf seinen Rollator stützt. Und ganz rechts am Bildrand …

»Kann ich davon einen Abzug haben?«

»Sie meinen, eine digitale Kopie? Schicke ich Ihnen per Mail.«

»Danke.«

Harms blickt auf seine Waffeltüte, von der das Basilikum-Limette-Eis inzwischen auf die Erde tropft. Ganz rechts am Bildrand steht Jannika Sternberg.

Dienstag, 14. Juni: *Erkins Foto spricht, und ein Grabstein gibt Tipps*

»Sei froh, dass du nicht hier bist, Paul. Die Koch tobt.«

»Warum? Ich kann nichts dafür, wenn Lisa Krogmann ausgerechnet mir den Zettel bringt. Außerdem habe ich ihn gleich an euch weitergeleitet.«

»Um dich geht es gar nicht. Im Gegenteil. Aber Mariella hat die Krogmann damals bei ihren Befragungen nicht angetroffen und ist nicht ein zweites Mal hingefahren. Außerdem ... Moment bitte.«

Stille. Offenbar hält Uwe Jensen mit einer Hand den Telefonhörer zu, weil er sich mit jemandem im Kommissariat unterhält. Harms legt sein Handy auf die Lebensbaumhecke und kümmert sich so lange weiter um die wuchernden Disteln auf dem Familiengrab der Köpckes. Außerdem muss er dort Gehölze und Stauden beschneiden. Je nach Bedarf, heißt es im Dienstleistungsvertrag.

»Bist du noch da, Paul?«

»Jetzt wieder.« Zwei Disteln landen samt Wurzelgeflecht in seiner Schubkarre.

»Also, wir haben die Namen hier abgecheckt. Ich darf dir die Ergebnisse verraten, übrigens soeben bestätigt mit offizieller Genehmigung von oben. Berthold Goldmann war Geschäftsführer einer Druckerei in Kollbek und ist bei einem Brandanschlag am 14. September ums Leben gekommen. Mit Lüders ist offenbar der Alte aus dem Blumenladen gemeint. Wir können ihn nicht erreichen, und am Laden hängt ein Schild ›Vorübergehend geschlossen‹. Vielleicht macht er

Betriebsferien, oder er ist untergetaucht. Und jetzt halt dich fest ...«

Harms verdreht die Augen. Das Riesenbaby macht es mal wieder spannend.

»Ein Marcel Le Blanc ist bei uns aktenkundig. Er stammt aus Sachsen-Anhalt und stand dort bereits mehrfach wegen Sachbeschädigung, Körperverletzung, Diebstahl und Drogenhandel vor Gericht. Rat mal, wer ihn jedes Mal verteidigt hat.«

»Werner Kuczinski.«

»Genau. Ein Mal wurde er verurteilt, in den anderen Fällen fehlten die Beweise.«

»Steht in den Akten was von politisch motivierten Taten?«

»Sein Anwalt hat das stets bestritten. Aber verurteilt wurde Le Blanc, weil er einen jüdischen Studenten verprügelt hat, der eine Kippa trug. Außerdem liegt ein Haftbefehl gegen ihn vor, weil er einen Brandanschlag auf einen türkischen Gemüseladen verübt haben soll. Der Schaden hielt sich dabei in Grenzen, und bislang ist es lediglich ein dringender Tatverdacht.«

»Klingt verdammt nach Neonazi.«

Am anderen Ende der Leitung bleibt es still.

»Ja, klingt so«, sagt Jensen schließlich. »In der Szene ist er allerdings nicht in Erscheinung getreten. Sagt jedenfalls Katja Koch. Diebstahl und Drogenhandel deuten eher auf einen notorischen Kleinkriminellen hin. Seinen aktuellen Aufenthaltsort kennen wir nicht. Untergetaucht. Aber wir sind dran.«

»Danke, Uwe. Schön, dass euch Hendriks Zettel weitergebracht hat. Viel Glück bei euren Ermittlungen!«

Paul Harms tastet die Verbindung aus, bevor der Kriminalhauptkommissar antworten kann. Das alles gefällt ihm nicht. Einerseits soll er sich aus allem raushalten, andererseits liefert ihm Jensen brisante Informationen. Mit offizieller Genehmigung von oben. Oben? Katja Koch ist 1,95 Meter groß. Mehr oben geht kaum.

Während Harms den widerspenstigen Disteln und Brennnesseln weiter mit seinem Spaten zu Leibe rückt und für Ordnung auf dem Grab sorgt, wirbeln in seinem Kopf die Gedanken durcheinander. Die Puzzleteile passen nicht. Marcel Le Blanc ist vermutlich Neonazi. Der Angriff auf den Studenten mit der traditionellen runden Mütze auf dem Hinterkopf, das Feuer im Gemüseladen, auch wenn man ihm da offenbar keine Beteiligung nachweisen konnte. Der Name Berthold Goldmann klingt ebenfalls jüdisch. So weit stimmt alles. Aber warum musste Werner Kuczinski sterben? Er hatte mehrfach rechte Straftäter verteidigt. Niemand bringt den Anwalt um, der auf der eigenen Seite steht. Ein Racheakt von Linksextremisten? Und wie passen Hendrik Rasmussen und Jannika Sternberg ins Bild?

Wütend wirft Paul Harms ein besonders dichtes Geflecht aus Brennnesselwurzeln auf die überquellende Schubkarre. Dabei fällt sein Blick auf den Grabstein der Familie Köpcke. Ein schwarzer Klotz, auf beiden Seiten von Zypressen flankiert. Unter dem Namen Amanda Köpcke, geboren 1897, gestorben 1974, steht ein halb verwitterter Spruch: »Wenn unsere Kinder morgen die Geschichten erzählen, die wir gestern geschrieben haben, dann sind wir für immer unvergessen.«

Er starrt auf die Inschrift und spürt, dass sie für diesen Fall eine Bedeutung haben könnte. Aber welche?

Mittwoch, 15. Juni: *Ein Hund heißt Paul, und Miss Marple ruft an*

Eigentlich wollte Halit Erkin am Bahnhof Kollbek-Markt einen Döner essen, aber nach einem Blick auf das schmierige Schaufenster hat er seine Meinung geändert. Also trottet er hungrig hinter Paul Harms her.

»Ist es weit?«

»He, es war Ihre Idee, nach Feierabend mitzukommen. Sie können beim Dönerladen bleiben, und ich hole Sie nachher wieder ab.«

»Ne, ist schon okay. Wenn es gegen einen Nazi geht, bin ich sogar hungrig dabei.«

Harms lacht und klopft dem jungen Fotografen auf die Schulter. Der ist hier in Deutschland geboren, spricht gebrochen Türkisch und kennt trotzdem rassistische Beleidigungen aus eigener Erfahrung. Halit klingt nun mal nicht wie Heinz oder Klaus. Sie wechseln die Straßenseite, biegen um die nächste Ecke und folgen den schlichten Backsteinfassaden bis zur Süderbüttler Straße. Schon von Weitem sieht Harms, wie trostlos der Blumenladen aussieht. Dunkel, wieder mit beschlagenen Scheiben. Die grüne Leuchtreklame mit dem altertümlichen Schriftzug »Blumen Lüders«, verschnörkelt und mit einer Tulpe anstelle des »u«, brennt nicht. Das Pappschild an der Eingangstür ist von der Feuchtigkeit aufgeweicht, die Schrift »Vorübergehend geschlossen« verlaufen. Schönes für Haus, Garten und Friedhof? Das klingt wie Hohn. Die Sträuße im Schaufenster verwelken, die Grünpflanzen lassen traurig ihre Blätter hängen.

»Der ist weg«, sagt Halit Erkin. »Oder macht Urlaub.«

»Macht er nicht. Ein Blumenhändler lässt seine Ware nicht so im Schaufenster verkommen.«

In der Scheibe spiegelt sich plötzlich das blinkende LED-Halsband eines schnorchelnden Mopses. Der Hund blickt zu den beiden auf, die Zunge hängt ihm dabei schräg aus der viel zu platten Schnauze.

»Da ist zu«, sagt das üppige Frauchen im Ballonseidenanzug. Harms erinnert sich. Die hat er auch letztes Mal hier getroffen. »Also nicht zu, weil es spät ist, sondern überhaupt. Keine Ahnung, wo der ist, der Jochen.«

»Verreist?«

Die Frau kratzt sich an den Speckrollen auf der Hüfte und schüttelt den Kopf.

»Der war nie verreist. Vielleicht ist er krank. Da müssen Sie einen anderen Blumenladen suchen. Komm, Paul, feini.«

Das schnorchelnde Etwas heißt Paul! Unfassbar! Der echte Paul schaut den beiden nach, bis sie hinter der nächsten Straßenecke verschwunden sind. Halit Erkin grinst.

»Komm, Paul, feini.«

»Seien Sie bloß still. Ihre Eisprinzessin Inga lässt sich schließlich von so einem Vierbeiner das ganze Gesicht abschlabbern.«

»Ekelhaft, nicht wahr?«

»Sie lassen es ja zu.«

»Ach, Liebe verzeiht alles.«

Paul Harms seufzt. Wer könnte da widersprechen?

»Jochen Lüders ist offensichtlich untergetaucht. Können Sie ein Foto von ihm besorgen? Als Pressefotograf kommen Sie da bestimmt besser dran. Am besten auch eines von Marcel Le Blanc.«

»Ich werde es versuchen. Bei Le Blanc müsste es eigentlich was von den Prozessen geben. Wollen Sie damit bei Nachbarn rumfragen?«

»Weiß ich nicht. Aber Lüders und Le Blanc sind momentan unsere einzigen Anhaltspunkte.«

Sie lassen den trostlosen Anblick des Blumenladens hinter sich und gehen weiter die Straße entlang. Harms fühlt sich hier schon fast wie zu Hause. Alles ist vertraut: Die Wohnblöcke mit den Backsteinfassaden, ohne Balkon, graue Gardinen vor den schmalen Fenstern. Überall Graffiti, zweifellos mehr als letztes Mal. Der Fußweg ist schmal, die grauen Steinplatten haben Risse und liegen so uneben, dass inzwischen bestimmt jemand darüber gestolpert ist. Rechts zweigt die Friedrichsallee ab, in der die Sternbergs wohnten.

Sie überqueren eine weitere Kreuzung und erreichen nach etwa 500 Metern die Kleingartenanlage, die vom MEK gestürmt wurde. Vier Wochen ist das jetzt her. Die Zeit rinnt ihnen durch die Finger, die geringen Fortschritte machen kaum Hoffnung.

»Hier hielt sich Jannika Sternberg versteckt?«

Harms nickt.

»Zumindest war sie häufig hier.«

Hinter dem Zaun, der die kleine Grünanlage von den Nachbargrundstücken trennt, liegt der Parkplatz. Der ist um diese Tageszeit fast leer, nur in der hintersten Ecke steht ein schwarzer Nissan Note. Harms bricht der Schweiß aus. Kann es sein, dass … Er schaut genauer hin. Nein, die roten Rücklichter liegen seitlich fast unter dem Dach des Wagens. Das ältere Modell.

Sie werfen einen flüchtigen Blick auf das hellblaue Gartenhaus mit den roten Fensterrahmen, auf die alte Schaukel neben dem Gemüsebeet, auf den Hund aus Keramik, der über dem Häuschen wacht. Der Rasen wurde in den letzten Wochen nicht mehr gemäht. Bald dürfte der ganze Garten verwildert sein.

»Die Druckerei ist nicht weit von hier?«

»Fast um die Ecke. Jetzt übernehme ich mal die Führung. Ich war schließlich damals dabei.«

Halit Erkin beschleunigt seine Schritte. Sie kommen an einem eingerüsteten Wohnblock vorbei. Hinter der grauen Plane leuchtet der Schriftzug einer Kneipe. Es riecht muffig, nach feuchter Mauer, nach Bier und Rauch. Daneben spielen Kinder auf einem Betonplatz Basketball. Plötzlich stehen sie vor einem Bauzaun. Wilckensallee 33. Nackte Holzbretter, besprüht mit Graffiti, beklebt mit Plakaten, die für Konzerte vom vergangenen Dezember werben. Betreten verboten. Baustelle.

Hier riecht es immer noch nach Rauch. Nach mehr als einem halben Jahr? Oder bildet Harms sich das ein?

»Da wird nicht gebaut«, erklärt der Fotograf. »Ich habe mich beim Bezirksamt erkundigt. Gibt wohl Probleme mit der Versicherung. Anfangs hatte die Polizei den Brandherd komplett abgesperrt und gesichert.«

Harms blickt sich um. Auf der anderen Straßenseite stand damals Jannika Sternberg inmitten der Gaffer. Er schließt die Augen, atmet ganz ruhig, aber es kommen keine Bilder. Schade. Er hatte gehofft, hier am Ort des tragischen Geschehens mehr zu sehen. Spökenkiekerei klappt nicht auf Kommando.

Im selben Augenblick klingelt sein Handy. Die vertraute Miss-Marple-Filmmelodie. Karla.

»Seid ihr noch in Kollbek?«, fragt sie ohne Begrüßung. Sie klingt atemlos.

»Wir sind bei der abgebrannten Druckerei.«

»Ruf bitte sofort Sarah Rasmussen an. Sie hat versucht, dich hier zu erreichen. Sie sagt, es ist dringend. Ich gebe dir ihre Handynummer durch.«

Paul Harms tippt die Nummer in den Speicher.

»Okay. Ich rufe sie sofort an. Bis später, Karla.«

»Bis später. Und pass auf dich auf.«

Halit Erkin hat mitgehört, mustert Harms neugierig, stellt aber keine Fragen.

Wenn Sarah bei ihm zu Hause anruft, muss es dringend sein. Er wählt ihre Nummer. Das Freizeichen. Er lässt es weiterklingeln. Auch die Mailbox springt nicht an. Er versucht es erneut. Dieses Mal hört er eine automatische Nachricht: »Der Teilnehmer ist zurzeit nicht erreichbar.« Jetzt spürt der Spökenkieker doch etwas: Angst. Er hat Angst um Sarah.

Donnerstag, 16. Juni: *Harms setzt den Kurs, und eine Leiche lernt schwimmen*

»Kein Hinweis?«

»Kein Hinweis.« Karla Harms breitet ratlos die Arme aus. Uwe Jensen flucht.

»Sie hat am Telefon gesagt, dass es dringend ist. Dass sie was entdeckt hat und deshalb mit Paul reden muss.«

Der steht am Fenster und blickt hinaus auf den hektischen Straßenverkehr vor dem Polizeigebäude. Heute blockiert das Fahrzeug eines Paketdienstes den Fahrstreifen in Richtung Innenstadt. An seinen alten Schreibtisch mag er sich nicht setzen. Die Stifte sind kreuz und quer über die graugrüne Schreibunterlage verteilt. Der Bildschirm bleibt dunkel, der Lüfter des Rechners röhrt nicht, und der Schlumpf neben der Computermaus macht offenbar Yoga. Er liegt zwischen zwei Bio-Äpfeln auf dem Rücken und starrt die Decke an. Chaos. Kriminalkommissarin Mariella Pelanda musste kurz ein paar Unterlagen zusammenraffen und fährt jetzt mit einer Zivilstreife durch Kollbek.

»Holger Rasmussen hat heute Morgen hier angerufen«, sagt Jensen. »Er klang eher wütend als besorgt. Seine Tochter ist nicht nach Hause gekommen.«

»Er weiß nicht, wo sie unterwegs war?«

Jensen lacht.

»Der weiß gar nichts. In der Familie schweigen sich alle an, und der Chef befiehlt. Unter anderen Umständen würde ich sagen, die Kleine ist abgehauen.«

Karla Harms steht auf, blickt sich im Büro um, stellt den

Schlumpf wieder auf seine blauen Beine. Inzwischen blättert Paul Harms den WWF-Kalender um. Der junge Löwe wird von einer Meeresschildkröte abgelöst. Untätigkeit kann nervenaufreibend sein. Dabei schwänzt er heute extra die Arbeit. Sie hat sowieso frei, weil am Sonntag ein Gottesdienst im Krankenhaus fällig wird.

»Wir können nicht viel machen«, gibt Jensen zu. »Wenn eine junge Frau eine Nacht lang wegbleibt, gilt sie schließlich nicht gleich als vermisst. Katja Koch ist in Marktfeld, weil sie die Arbeit der dortigen Kollegen schlampig findet. Mariella fährt durch Kollbek, weil da alle Fäden irgendwie zusammenlaufen. Und die Streifenwagen haben Sarahs Foto. Weil wir sie offiziell dringend als Zeugin suchen. Verdammt! Reicht es denn nicht, dass ich diesen Fall am Hals habe? Muss ich mich um eine Verrückte kümmern, die sich überall einmischt?«

Karla Harms will etwas antworten, aber ihr Mann wirft ihr einen warnenden Blick zu. Er kennt das Riesenbaby gut genug. Wenn Uwe Jensen Angst hat, macht er sich auf diese wütende Weise Luft. Nur kein anderes Gefühl zeigen, nur keine Schwäche zugeben. Die Vorstellung, dass Sarah Rasmussen längst tot sein könnte ...

»Wir sollten alles ganz sachlich zusammenfassen.« Harms setzt sich jetzt doch an seinen alten Schreibtisch und gibt dem Schlumpf einen Schubs, sodass er unter den Computermonitor rutscht. »Also, im September letzten Jahres stirbt Berthold Goldmann bei einem Brandanschlag auf seine Druckerei. Ein Foto beweist, dass Jannika Sternberg am Tatort war.«

»Als Gafferin.«

»Richtig. Mehr wissen wir nicht. Auch nicht, ob dieser Marcel Le Blanc mit dem Brand zu tun hat. Etwa zur selben Zeit trennt sich Jannika von ihrem Freund, und ihre Eltern verunglücken auf der Landstraße nach Kruckhorn. Sarah hat ausgesagt, dass Jannika schon vorher so anders, so verändert war. Hendrik macht sich Sorgen und beschattet sie. Er hat wieder Kontakt zu ihr. Das beweisen die Spuren im Gartenhaus. Er findet etwas heraus, das er zumindest ansatzweise seiner Schwester erzählt haben könnte. Wir haben als Anhaltspunkt den ominösen Zettel, der für ihn allerdings nicht mehr viel Bedeutung hat.«

»Weil er ihn als Lesezeichen in einem Buch vergisst?«

»Jannika könnte seinen Verdacht bestätigt haben, was den 14. September betrifft. Vielleicht hat er mit Kuczinski geredet. Aber das ist Spekulation, denn beide leben nicht mehr.«

Jetzt tritt Kriminalhauptkommissar Uwe Jensen ans Fenster, öffnet es, verzieht beim hereindringenden Hupen das Gesicht, und sperrt den Straßenlärm lieber wieder aus.

»Okay, so weit macht alles Sinn, obwohl es uns nicht weiterbringt.«

»Immerhin beweist die Jacke im Gartenhaus, dass Hendrik Rasmussen in der Nacht vor seinem Tod bei Jannika war. Ob sie gestritten haben oder im Gegenteil zu einer gemeinsamen Entscheidung gekommen sind, wissen wir nicht. Ich vermute Letzteres. Auf dem Rückweg zu seiner Wohnung wird Hendrik überfahren. Vielleicht wollte jemand verhindern, dass er Jannikas Wissen weitergibt. Das erklärt ihr

›Bitte verzeih mir‹ auf dem Blumenstrauß. Sie merkt, dass sie indirekt schuld an seinem Tod ist.«

»Schließlich will sie sich dir anvertrauen und wird auf dem Friedhof erschossen.«

»Das klingt ja ganz logisch«, wirft Karla Harms ein. In ihrer Stimme klingen Ungeduld und Ärger mit. »Wir sollten uns trotzdem lieber mit Sarah beschäftigen.«

Im selben Augenblick klingelt das Telefon. Jensen wirft einen Blick auf die Anzeige und sagt leise »Mariella«. Es wird ein einseitiges Gespräch. Jensen streut ab und zu ein »hm« ein, seufzt, bedankt sich schließlich. Schließlich zuckt er mit den Schultern.

»Nichts. Mariella hat das Foto der kleinen Rasmussen in einigen Geschäften und Restaurants in Kollbek rumgezeigt. Keiner kann sich an die junge Frau erinnern. Wäre auch ein zu großer Zufall gewesen.«

Wieder klingelt das Telefon. Jensen zieht eine Augenbraue hoch, fährt sich mit der linken Hand durch das struppige rote Haar. Er scheint zu zögern. Harms beschleicht ein mulmiges Gefühl. Bilder sieht er nicht.

Das Gespräch dauert fünf Minuten. Der Kriminalhauptkommissar macht sich Notizen, fragt nach, ruft zwischendurch Informationen am Polizeicomputer ab. Sein Gesicht wird noch blasser als sonst, seine graugrünen Augen verengen sich. Als er auflegt, zittern seine Hände.

»Sarah?«, fragt Karla Harms leise.

»Beim Revier 17 wurde ihr Handy abgegeben. Lag auf einem Parkplatz.«

»Revier 17 ist am Hafen, oder?«

Jensen nickt.

»Aber das ist nicht alles. Die Wasserschutzpolizei hat gerade eine weibliche Leiche aus dem Hafenbecken gefischt.«

Donnerstag, 16. Juni: *Im Nasenflügel glitzert ein Piercing, und Uwe Jensen wird zum Videofan*

Auf der Fahrt in den Hafen schweigen beide. Paul Harms konzentriert sich auf den dichten Verkehr, um nicht Sarahs Gesicht vor sich zu sehen. Die kurzen schwarzen Haare, die kleine Nase, die Augen, die zu dicht zusammenstehen. Er sieht sie trotzdem. Wie sie verkrampft auf seinem Lieblingssessel im Wohnzimmer sitzt, wie sie mit den Schuhen in ihren dürren Fingern fröhlich durch die Nordseewellen hüpft. Karla Harms hat die Augen geschlossen und versucht, flach und gleichmäßig zu atmen.

Der Anleger Kattwerder ist weiträumig abgesperrt. Streifenwagen und zivile Polizeifahrzeuge blockieren die Zufahrt, das Boot der Wasserschutzpolizei dümpelt im ablaufenden Wasser vor sich hin. Harms erkennt den Dienst-VW von Uwe Jensen. Mit dem Blaulicht auf dem Dach ist er natürlich vor ihnen hier eingetroffen. In einer schmalen Seitenstraße finden sie endlich einen Parkplatz für den alten blaugrünen Starlet. Die beiden haben es nicht eilig, zum Anleger zu kommen. Man wird ihnen sowieso den Weg versperren, also lehnen sie sich mit dem Rücken an eine mit Streetart übersäte Hauswand und warten. In ausreichender Entfernung, um nicht als sensationslüsterne Gaffer zu gelten. Harms betrachtet einen geblümten Kuchenteller, den jemand mit einem Spruch versehen und an die Wand geklebt hat: »Alles geben, nur nicht auf« steht auf dem zweckentfremdeten Porzellan. Direkt neben seinem Kopf klebt ein knallrotes Lippenpaar, darüber hängt ein Herz mit der Aufschrift »Herzen sind Rudeltiere«. Er muss an Sarah denken. An die junge Frau, die ausgerechnet den tragischen Tod ihres Bruders nutzen wollte, um aus der Enge ihrer Familie auszubrechen. Herzen sind Rudeltiere. Er hätte es ihr gewünscht.

»Wissen Sie schon was Genaueres?«, brüllt jemand auf der anderen Straßenseite. Halit Erkin. Er läuft im Zickzack zwischen den hupenden Autos hindurch, die Kamera in der rechten Hand. Klar, er schießt Fotos fürs Lokalblatt.

Als Erkin atemlos vor Paul Harms steht, schüttelt der den Kopf.

»Tut mir leid. Selbst wenn ich was wüsste, dürfte ich es nicht sagen. Sonst komme ich in Teufels Küche. Warten Sie die offizielle Pressemeldung ab.«

»Aber es hat mit dem Fall Rasmussen zu tun, oder? Sonst wären Sie nicht hier.«

»Ich weiß es wirklich nicht. Was ist denn bis zu euch durchgesickert?«

»Eine weibliche Wasserleiche. Das ist offiziell. Ein Segler hat sie heute Morgen im Hafenbecken entdeckt und die Wasserschutzpolizei alarmiert. Ist es Sarah?«

Harms fällt ein, dass der Fotograf dabei war, als Karla ihm von dem Anruf erzählt hat. Zweifellos ist Erkin nicht entgangen, dass Sarah nicht erreichbar war. Er blickt auf seine Frau. Sie hat Tränen in den Augen. Das ist mehr als seelsorgerisches Mitgefühl.

Ein uniformierter Polizist überquert gerade die Straße und kommt auf sie zu.

»Lange nicht gesehen, Herr Harms.« Das Gesicht unter der Uniformmütze kommt ihm tatsächlich bekannt vor. Sehr jung, buschige dunkle Augenbrauen, ein Grübchen am Kinn. »Und mal wieder unter so traurigen Umständen. Kriminalhauptkommissar Jensen bittet Sie, rüberzukommen. Sie natürlich auch, Frau Harms.« Den Fotografen bedenkt er indes mit einem entschuldigenden Schulterzucken.

Wenig später stehen sie direkt am Anleger Kattwerder. Das Polizeiboot prallt im Rhythmus der Wellen gegen die Gummireifen, die den Rumpf schützen, jedes Mal spritzt Wasser auf und bildet kleine Pfützen auf dem Betonboden. Über ihnen kreisen kreischend die Möwen. Wie Geier, denkt Harms und wendet sich lieber Uwe Jensen zu. Der ehemalige Kollege telefoniert und bittet mit einem Zeichen seiner linken Hand um Geduld. Harms spürt plötzlich eiskalte Finger in seiner Hand. Karla. Sie sucht seine Nähe und blickt hinaus aufs bleigraue Wasser, das von weißen Schaumbergen gekrönt wird. Ein vorbeiziehendes Containerschiff wühlt den Fluss auf.

Schließlich steckt Jensen sein Handy in die Jackentasche und wendet sich den beiden zu.

»Ist es Sarah?«, fragt Harms. Seine Stimme klingt rau.

»Der Polizeiarzt schätzt, dass die Frau schon zwei Tage im Wasser gelegen haben könnte. Danach hat Karla aber mit Sarah Rasmussen telefoniert. Ich bin mir nicht sicher, Ähnlichkeit ist da. Traut ihr euch zu, einen Blick auf die Tote zu werfen?«

Harms nickt. Es ist nicht die erste Tote, der er in die leeren Augen schauen muss.

Sie treten dichter an die Plane heran, unter der sich der Körper der Frau abzeichnet. Wie bei Jannika Sternberg auf dem Friedhof, durchfährt es Harms. Ein Polizist hebt die Plane am Kopfende leicht an.

Auf den ersten Blick hat die Tote tatsächlich Ähnlichkeit mit Sarah Rasmussen. Die gleichen kurzen Haare, ein schmales Gesicht, das jetzt aufgedunsen ist. Im Nasenflügel glitzert allerdings ein Piercing, unter dem rechten Ohr lugt ein Tattoo hervor. Die Lippen sind zu voll, die Wimpern zu lang. Harms ist froh, dass man ihr die Augen zugedrückt hat. Er schüttelt den Kopf, blickt dann zu seiner Frau. Die schüttelt ebenfalls den Kopf und wendet sich ab.

»Nein, das ist nicht Sarah Rasmussen. Auf keinen Fall.«

Eigentlich müsste er jetzt Erleichterung verspüren, aber das gelingt ihm nicht beim Anblick der Toten. Sie ist jung, bestimmt jünger als Sarah. Fast ein Kind.

»Der Polizeiarzt hat Einstiche in der Armbeuge festgestellt. Vielleicht eine Überdosis. Alles Weitere muss die Obduktion klären.«

Der Kriminalhauptkommissar winkt den Kollegen zu, verlässt mit Paul und Karla Harms den abgesperrten Bereich am Anleger Kattwerder und geht zu seinem Dienst-VW. Er lehnt sich gegen die Fahrertür und nimmt das Blaulicht vom Dach.

»Verdammt makabrer Zufall. Ich war sicher, dass es Sarah ist.« Er schluckt in letzter Sekunde eine Bemerkung hinunter, die mal wieder gefühllos geklungen hätte. »Wir haben aber die andere Spur. Das Handy. Der Parkplatz, auf dem es gefunden wurde, liegt nicht weit von hier. Kommt ihr mit?«

Schweigend folgen die beiden. Harms blickt zurück. In sicherer Entfernung entdeckt er Halit Erkin, der sie nicht aus den Augen lässt.

Der Parkplatz wirkt deutlich weniger spektakulär als der Anleger Kattwerder. Keine Absperrbänder, keine Polizeifahrzeuge, keine Neugierigen. Eine Schranke regelt die Zufahrt, daneben steht ein Kassenautomat. An diesem Nachmittag sind kaum Plätze frei.

»Das Handy wurde in der Nähe des Kassenautomaten gefunden«, erklärt Uwe Jensen. »Erst wollten wir die Spurensicherung anfordern, aber das wäre sinnlos. Ihr seht ja, was hier los ist. Die Kollegen vom Revier 17 haben das Gerät an unsere Kriminaltechnik geschickt. Vielleicht liefern die gespeicherten Nummern und Nachrichten weitere Anhaltspunkte.«

»Der Parkplatz selbst ist also im wahrsten Sinne des Wortes eine Sackgasse.«

»Warte es ab, Paul.« Der Kriminalhauptkommissar grinst und fährt sich durch die roten Haare. »Sieh mal nach oben, der Lichtmast neben der Zufahrt.«

Harms sieht nach oben. Auf dem Mast entdeckt er eine kleine unauffällige Kamera.

»Video überwacht?«

»Genau. Steht auf dem Schild drüben. Das System wurde mal installiert, weil um die Ecke die Türkische Botschaft ist. Wir haben bereits gebeten, die Aufnahmen zu sichern und uns zur Verfügung zu stellen. Wenn wir Glück haben, sehen wir Sarah auf den Bildern.«

Und wenn wir Pech haben, denkt Harms, sehen wir auf den Bildern Sarahs Tod.

Freitag, 17. Juni: *Harms denkt an Urnen, und ein Auto könnte auch ein Elefant sein*

Was könnte besser von trüben Gedanken ablenken als das Wühlen in der Erde? Also holt Paul Harms die am Vortag versäumten Arbeitsstunden nach. Der Juni gehört auf dem Friedhof zu den eher unspektakulären Monaten. Die Sommerbepflanzung blüht üppig bereits seit Mai, die Herbstbepflanzung mit Heide folgt erst ab Ende September. Wenn es heiß wäre, müsste Harms zumindest bis zu vier Mal pro Woche gießen. Doch nächtliche Regenfälle sorgen für ausreichend Nässe. Also steht Umgestaltung auf dem Wochenplan. Flächen, deren Nutzung abgelaufen ist, werden zu Urnenfeldern. Wer kann sich heutzutage ein großes Familiengrab leisten? Gleich reihenweise baggert ein Spezialunternehmen die alten Gräber aus, entfernt Hecken, Sträucher und Gehölze, füllt mit frischer Erde auf. Dann bepflanzt Paul Harms das zukünftige Urnenfeld mit Bodendeckern. Immergrün und öde. Statt mächtiger Grabsteine, auf denen Engel thronen, erinnern kleine Platten an die Verstorbenen. Alle gleich groß, alle im gleichen Abstand. Etwa so wie eine Reihenhaussiedlung in der Vorstadt.

Harms legt den Spaten beiseite und holt sein Handy aus der Brusttasche des Gärtneroveralls. Nichts. Jensen hat versprochen, anzurufen oder eine Nachricht zu schicken, wenn das Ergebnis der Videoauswertung vorliegt. Das ist seinem Ex-Kollegen natürlich verboten, und mit Details wird er sowieso nicht rausrücken. Aber es geht jetzt um Sarah Rasmussen. Spätestens seit der gemeinsamen Fahrt an die Nordsee fühlt Harms sich mit ihr verbunden. Er denkt dabei an die Tränen in Karlas Augen, als sie am Anleger Kattwerder standen und um die junge Frau bangten.

Sein Handy klingelt. Endlich.

»Ich habe nicht viel Zeit, Paul. Also hör gut zu.« Die Begrüßung spart sich Uwe Jensen. »Die Bilder der Überwachungskamera sind miserabel. Gegen 23.15 Uhr überquert eine Frau, bei der es sich mit ziemlicher Sicherheit um Sarah Rasmussen handelt, den Parkplatz. Aus einem abgestellten Fahrzeug steigen zwei Männer und gehen ihr entgegen. Sie versucht offenbar zu fliehen, aber die Männer überwältigen sie und schleppen sie zum Wagen. Bei dem Handgemenge muss sie ihr Handy verloren haben. Sie steigen ein und fahren vom Parkplatz. Das war's. Wir wissen also, dass Sarah Rasmussen zumindest zu diesem Zeitpunkt noch lebte.«

»Habt ihr das Fahrzeugkennzeichen?«

»Sehr witzig. Man erkennt kaum, dass es sich um ein Auto handelt und nicht um einen Elefanten. Ich habe dir zwei Standbilder geschickt. Lösch sie bitte gleich wieder, ich will keinen Ärger. Und jetzt entschuldige mich, da läuft eine andere Sache, über die ich dir nichts sagen darf.«

Der Kriminalhauptkommissar legt auf. Paul Harms holt tief Luft. Er erinnert sich gut an seine Warnung vor genau vier Wochen: »Verdammt, wissen Sie überhaupt, in welche Gefahr Sie sich mit dieser Schnüffelei bringen?« Er hätte sie schütteln müssen, hätte ihr energischer klarmachen müssen, dass sie sich da raushalten soll. Jetzt ist es zu spät. Erst Hendrik Rasmussen, dann Jannika Sternberg, schließlich Werner Kuczinski – wer auch immer dahintersteckt, wird vor einem weiteren Mord nicht zurückschrecken.

Harms rammt den Spaten mit voller Wucht in die lockere Erde und fragt die Nachricht mit den Standbildern ab. Jensen hat recht: Die Aufnahmen sind miserabel. Unscharf, dunkel, verpixelt. Der Parkplatz wird nachts lediglich von zwei Scheinwerfern beleuchtet. Das Licht reißt einen Geländewagen aus dem Dunkel, der mit viel Fantasie ein schwarzer Jeep sein könnte. Oder ein Elefant. Zwei Männer, eine Frau. Ein heller Blitz.

Kattwerder, Parkplatz Süd, 23.15 Uhr. Sarah Rasmussen biegt von der Hafenchaussee auf das Parkplatzgelände ab. Ihre Schritte wirken hastig, immer wieder blickt sie sich suchend um. Die kurzen schwarzen Haare hat sie unter der Kapuze ihrer Fleecejacke verborgen. Sie trägt Jeans und helle Sportschuhe. Der Wind treibt ihr den leichten Nieselregen ins Gesicht. Auf dem Parkplatz stehen um diese Zeit nur wenige Fahrzeuge. Ein gelber Transporter in der hintersten Ecke, ein Smart, ein schwarzer Wagen neben dem Kassenautomaten an der Zufahrtsschranke. Sarah Rasmussen bleibt stehen. Trotz der Kapuze rinnt ihr der feine Regen über die Stirn, über die Wimpern, über die geröteten Wangen. Es sieht aus, als würde sie weinen. Plötzlich klappen Autotüren. Zwei Männer sind ausgestiegen und kommen im Zwielicht der wenigen Lichtmasten auf sie zu. Die Frau flieht nicht. Erst als die beiden direkt vor ihr stehen bleiben, dreht sie sich um und läuft los. Zu spät. Zwei, drei Schritte, und die Männer haben sie einge-

holt. Sie packen die zierliche Frau, sie kratzt, beißt, windet sich vergeblich. Alles in erschreckender Lautlosigkeit. Unbemerkt fällt ihr Handy auf den nassen Asphalt und schlittert unter den abgestellten Wagen. Während sich einer der Männer ans Steuer setzt, zwingt der andere die zitternde Sarah Rasmussen auf den Rücksitz. Eine Waffe braucht er nicht. Sie wehrt sich nicht mehr. Das Fahrzeug rollt langsam zur Ausfahrt. Ordnungsgemäß öffnet der Fahrer die Schranke mit dem bezahlten Parkticket und biegt auf die Hafenchaussee ein. Wenige Minuten sind vergangen. Und niemand in der Nachbarschaft hat etwas bemerkt.

Paul Harms öffnet die Augen und blinzelt geblendet ins Sonnenlicht. Eben Nacht auf dem Parkplatz, jetzt das halb bepflanzte Urnenfeld am hellen Tag. Er muss sich auf den Spaten stützen, um nicht das Gleichgewicht zu verlieren. Die unscharfen Standbilder sind zum Leben erwacht. Er spürt wieder jenes Kribbeln, das sich unter der Schädeldecke breitmacht und über den Nacken die Schultern erfasst. Er will es nicht, und trotzdem ist es da. Spökenkieker. Verdammt.

Als wäre die Sache nicht schon unerträglich genug, muss er auch noch Sarah vor sich sehen: Wie ihr der feine Regen über die Stirn rinnt, über die Wimpern, über die geröteten Wangen. Als würde sie weinen. Harms weint. Arbeiten, sich ablenken, nicht an den Fall denken. Vor allem nicht an Sarah. Wütend wischt er sich die Tränen ab und greift wieder zum Spaten. Da klingelt sein Handy.

Freitag, 17. Juni: *Auf der Nordli-Kommode stehen Tidvatten-Vasen, und Sarah liebt Simenon*

Harms hat eine Schrankwand in Eiche rustikal erwartet. Ein Ölgemälde mit Dreimastern in stürmischer See. Vielleicht ein Aquarium, in dem Guppys und Mollys nach Luft schnappen. Jetzt sitzt er nach Feierabend in einem Wohnzimmer, das direkt aus dem Ikea-Katalog stammen könnte. Hell, sauber, leblos. Er sitzt in einem weißen Ledersessel, die Beine angezogen, weil sie nicht unter den gläsernen Couchtisch passen, und wartet, dass die Rasmussens ihr Schweigen brechen. Sie tun es nicht.

»Sie haben mich vorhin auf dem Friedhof angerufen, weil Sie mit mir sprechen wollten. Also?«

Holger Rasmussen zieht die buschigen Augenbrauen hoch. Dann wirft er seiner Frau einen Blick zu, der beinahe hilflos wirkt, und fährt sich mit der rechten Hand über den kahlen Schädel.

»Wie viel verlangen Sie, wenn Sie für uns nach Sarah suchen?«

»Wie bitte?« Harms richtet sich unwillkürlich im Sessel auf. Das weiße Leder quietscht. »Ich bin kein Privatdetektiv, den man anheuern kann.«

»Wir haben heute in Sarahs Zimmer eine Visitenkarte mit Ihren Telefonnummern gefunden.«

Richtig. Die Visitenkarte. Harms erinnert sich. »Du kannst jederzeit wiederkommen, wenn du möchtest«, hat Karla ihr damals versprochen. Und er hat ihr eine Karte mit seinen privaten Telefonnummern in die Hand gedrückt. Wie lange ist das jetzt her? Zwei Monate? Er weiß noch, wie Sarahs Augen leuchteten und er fand, dass sie plötzlich richtig schön aussah.

»Unseren Sohn haben wir zwei Mal verloren, erst an diese Hexe Jannika, dann bei dem Verkehrsunfall. Uns bleibt nur Sarah. Also wie viel verlangen Sie? Die Polizei tut ja nichts.«

Holger Rasmussens Gesicht wirkt genauso fettig und blass wie auf dem Friedhof. Seine knarrende Stimme kann den Befehlston nicht verleugnen, mit dem er Harms seinerzeit vom Grab verwies. Er sitzt neben seiner Frau auf einem Zweiersofa, das natürlich ebenfalls passend aus hellem Leder ist. Seine rechte Hand umklammert die Lehne so krampfhaft, dass die Fingerknochen weiß hervortreten. Erika Rasmussen sitzt stocksteif da, die Knie zusammengepresst. Die leicht gewellten Haare fallen ihr bis auf die Schultern, das enge dunkelblaue Kleid mit den Silberknöpfen hebt und senkt sich bei jedem Atemzug über ihrer Brust. Die Hände spielen nervös mit ihrer zu großen Brille.

»Wir haben immer alles für unsere Kinder getan«, sagt Rasmussen und blickt dabei wieder seine Frau an. »Ich habe Hendrik das Studium finanziert. Und den Ausbildungsplatz als Erzieherin habe ich Sarah auch besorgt.«

»Wollte Sie denn Erzieherin werden?«

Harms beißt sich auf die Lippen. Das hätte er nicht sagen sollen. Er denkt an seinen eigenen Vater. An die Lehrstelle als Gärtner. An die Bevormundung. Gut gemeint, aber unerträglich. In der Erde wühlen und Blumen pflanzen. Damals eine Qual für den jungen Paul.

»Natürlich will Sarah Erzieherin werden.« Zum ersten

Mal hört er Erika Rasmussens Stimme. Leise, fast flüsternd. »Es ist das Beste für sie.«

Und ihr bestimmt, was das Beste für sie ist, denkt Harms, aber er sagt nichts. Er blickt sich im Zimmer um. Keine Fotos. Bei Lisa Krogmann standen silbergerahmte Fotos auf dem Eichenschrank. Schwarz-Weiß. Ein Hochzeitsbild: Lisa als junge Frau mit einem Blumenstrauß im Arm, daneben ihr Bräutigam, den sie jetzt jede Woche besucht, um sein Grab zu harken. Und hier? Keine Hochzeitsfotos, keine Bilder von Hendrik und Sarah. Es muss sie geben, diese Fotos. Der Junge mit einer großen Schultüte vor dem Klassenzimmer, das Mädchen beim Spielen am Strand. Nichts. Nur dieses Ikea-Einerlei mit Tidvatten-Vasen, Tjalla-Wanduhr und Nordli-Kommoden.

»Was ist jetzt? Wollen Sie uns nun helfen oder nicht?«

Holger Rasmussens knarrende Stimme durchbricht die plötzliche Stille. Seine Augen funkeln kalt.

»Wenn ich jemandem helfen möchte, dann nicht Ihnen, sondern Sarah. Aber das begreifen Sie sowieso nicht.«

Harms steht auf. Das weiße Leder ächzt. Eine Kuhle bleibt zurück, die sich langsam wieder mit Luft füllt. Als er sich von den Rasmussens verabschieden will, prallt er schmerzhaft mit dem Schienbein gegen den Couchtisch. Typisch.

»Warten Sie!« Erika Rasmussen ist aufgesprungen und tritt jetzt ganz dicht an ihn heran. Merkwürdig. Sie riecht genauso süßlich wie Sarah. Damals auf dem Friedhof, als sie ...

»Das Kind ist doch alles, was wir haben.«

»Sie ist kein Kind mehr.«

»Sie ist ein Kind. Immer so hilflos, so still und verloren. Was sollen wir denn ohne sie machen?«

»Halt den Mund, Erika!«

Ihr Mann will sie zur Seite schieben, sie wehrt sich.

»Bitte, Herr Harms! Finden Sie Sarah!«

In ihren grauen Augen sammeln sich plötzlich Tränen, rollen über die vorstehenden Wangenknochen und den schmalen Mund. Ihr Körper wird von Krämpfen geschüttelt.

»Hör auf! Verdammt, hör auf, Erika!«

Harms steht wie gelähmt neben den beiden, mitten im hellen, kalten, leblosen Ikea-Zimmer, während Holger Rasmussen seine Frau fest in die Arme schließt. Über ihre Schulter hinweg blickt er Harms an. Sein Gesicht ist blasser geworden und glänzt. Ärgerlich wischt er sich mit dem Ärmel Tränen aus den Augenwinkeln.

»Bitte! Wenn Sie es schon nicht für uns tun, dann für Sarah.«

Jetzt verliert seine Stimme den Befehlston. Die mühsam bewahrte Beherrschung bricht in sich zusammen. Eine Beherrschung, die vielleicht schon seit Jahren alles in diesem Haus erstarren lässt und Gefühle tötet.

Harms holt tief Luft. Wie oft hat er schon in anderen Wohnungen bei Angehörigen gesessen, hat Verhöre und Befragungen durchgeführt. Früher. In seiner Zeit als Polizeihauptkommissar. Er kennt dieses Gefühl, Zeuge kleiner oder großer Familientragödien zu sein. Aber hier ist es anders. Er spürt einen erschreckenden Widerspruch zwischen der Welt der Rasmussens und den brutalen Morden. Als würde völlig Fremdes in diese Familie mit ihren alltäglichen

Sorgen, Nöten und Freuden einbrechen. Hendrik rücksichtslos im Theodor-Heuß-Weg von einem Wagen überrollt, Jannika gezielt mit einem Kopfschuss getötet. Hier die weiße, fleckenlose Ledergarnitur und zwei Menschen, die vermutlich gar nicht erfassen, dass es um Verbrechen geht, die absolut nichts mit ihrem Durchschnittsleben zu tun haben. Eine Jagdwaffe im Kaliber .308 Winchester mit Schalldämpfer statt Tidvatten-Vasen.

»Wenn ich Ihnen helfen soll«, sagt Harms schließlich, um sich von diesen Gedanken loszureißen, »müssen auch Sie mir helfen. Darf ich Sarahs Zimmer sehen?«

»Warum?« Erneut klingen Misstrauen und Ablehnung in Holger Rasmussens Stimme.

»Vielleicht finde ich dort einen Hinweis. Einen Kalender, ein Tagebuch, Notizen, irgendetwas, das uns weiterbringt. Sarah muss viel mehr gewusst haben, als sie der Polizei erzählt hat. Sonst wäre sie gestern nicht in Kattwerder gewesen.«

»Kommen Sie«, sagt Erika Rasmussen und entwindet sich der festen Umarmung ihres Mannes. »Ich bringe Sie nach oben.«

Sie steigen eine schmale Wendeltreppe hoch, die mit graugesprenkeltem Teppichboden ausgelegt ist, auf jeder Stufe glänzt eine Metallschiene als Befestigung. Ein dunkler Flur, zwei Türen. Erika Rasmussen klopft an. Warum um Himmels willen klopft sie an, obwohl sie genau weiß, dass niemand da ist? Harms seufzt. Vermutlich wird er diese Familie nie verstehen.

Sarahs Zimmer liegt unter der Dachschräge, nur ein kleines Erkerfenster schenkt etwas Licht. Also schaltet die Frau die Schreibtischlampe ein und bleibt mitten im Raum stehen. Für Harms ein deutliches Signal, dass sie nicht gewillt ist, ihn hier allein zu lassen. Ihm ist das egal. Er blickt sich um. War das helle, leblose Wohnzimmer eine Überraschung, so entspricht diese enge, vollgestellte Höhle seinen Erwartungen. Genauso widersprüchlich wie das Mädchen selbst. Ein vergilbtes Poster von Prinzessin Lillifee hängt neben dem gleichen WWF-Kalender, den Harms aus dem Kommissariat kennt. Ein Fernsehgerät, eine Spielekonsole, ein Drucker, und auf dem Bett zwei blond gelockte Puppen in rosa Rüschenkleidchen. Auf dem Bücherregal hinter der Tür stehen Maigret-Krimis von Georges Simenon neben »Der kleine Drache Kokosnuss«, »Bibi Blocksberg«-Cassetten neben Lehrbüchern über Kindergarten- und Vorschulpädagogik. Harms schnuppert. Unten roch es nach nichts, hier liegt eine Mischung aus Staub, altem Papier und Süßlichem in der Luft.

»Wir haben bereits alles abgesucht«, stellt Erika Rasmussen klar und beobachtet verwundert, wie Harms dasteht und sich umblickt. »Kein Kalender, kein Tagebuch, nur Ihre Visitenkarte.«

»Und der Laptop?« Der leere Platz auf ihrem Schreibtisch fällt ihm auf. Daneben liegen zwei Zeichenstifte.

»Sie hat ein kleines Tablet. Es ist nicht mehr da. Sie muss es mitgenommen haben.«

Wieder eine verlorene Spur. Wahrscheinlich hat sie alle Erkenntnisse und Beobachtungen auf diesem Tablet gespeichert. Harms überlegt fieberhaft, ob Sarah auf dem

Parkplatz eine Tasche bei sich hatte. Er schließt die Augen, doch dieses Mal versagt seine besondere Gabe. Keine Bilder.

»Haben Sie irgendwelche Nachrichten von Hendrik gefunden? Vielleicht einen Ordner mit Unterlagen oder einzelne Zettel?«

Erika Rasmussen schüttelt den Kopf.

»Nein. Nichts. Sie hatte sowieso kaum Kontakt zu ihrem Bruder.«

Harms weiß, dass das nicht stimmt, aber er schweigt.

»Danke, Frau Rasmussen. Ich glaube, das war's. Ich kann ja nicht das ganze Zimmer auf den Kopf stellen.«

Gerade als er wieder auf den dunklen Flur hinaustreten will, fällt sein Blick auf Sarahs Bett. Auf die zwei blond gelockten Puppen und den romantischen Laura-Ashley-Bettbezug. Das Kissen ist nicht glatt, sondern wölbt sich in der Mitte hoch. Als läge dort etwas verborgen. Er tritt ans Bett, deutet auf das Kissen und blickt Erika Rasmussen an.

»Darf ich?«

Sie zuckt mit den Schultern. Also hebt er das Kissen sorgsam an. Darunter liegt ein Buch: »Rechte Esoterik«. Ein Sachbuch über alternatives Denken und Extremismus, über Spirituelles und Verschwörungsmythen, über Sekten und Gewalt. Sarah hat mehrere Seiten mit gelben Zetteln markiert. Es muss für sie wichtig gewesen sein, sonst hätte sie es nicht unter ihrem Kopfkissen versteckt.

»Darf ich das Buch mitnehmen?«

Wieder zuckt Erika Rasmussen mit den Schultern.

»Von mir aus. Wenn es Ihnen hilft.«

Harms nimmt das Buch, glättet sorgfältig das Kissen und

blickt sich ein letztes Mal um. Sarahs kleine Höhle. Er versteht sie jetzt ein kleines bisschen besser.

Samstag, 18. Juni: *Ein Fotograf wird geblitzt, und Godzilla tritt auf*

»Hallo, Herr Harms!« Am Ende der nächsten Grabreihe steht Halit Erkin. »Haben Sie Zeit?«

»Nein«, sagt der Friedhofsgärtner und rammt den Spaten völlig sinnlos in den bereits zum Pflanzen vorbereiteten Boden. Er ist müde, wütend und frustriert. Die ganze Nacht hat er in dem Buch über rechte Esoterik gelesen. »Sie sehen doch, dass ich arbeite.«

Erkin lacht.

»Klar. Ich dachte, Sie würden gerne mitkommen. In Kattwerder läuft anscheinend eine größere Sache.«

»Wie bitte?«

»Ich habe es eilig. Also was ist? Kommen Sie mit?«

Harms blickt an sich hinunter. Im verdreckten dunkelgrünen Gärtneroverall kann er sich nur auf dem Friedhof sehen lassen.

»Okay. Ich ziehe mich kurz um.«

Wenig später sitzen die beiden im roten Fiat 500 des Fotografen. Uwe Jensen hätte kaum hineingepasst, aber der schmächtige Harms kann sogar seine Beine ausstrecken. Sie nehmen die neue Umgehungsstraße Richtung Kattwerder, vorbei an den abbruchreifen Werfthallen. »Sie wissen doch bestimmt, was da läuft«, sagt Halit Erkin, während er gerade mit überhöhter Geschwindigkeit an einer Kreuzung geblitzt wird.

»Nein. Weiß ich nicht. Haben Sie mich deshalb abgeholt?«

»Nicht nur.« Der Fotograf zuckt mit den Schultern, was den Fiat 500 dazu bringt, einen gefährlichen Schlenker auf die Gegenfahrbahn zu machen. »Ich war ja am Hafen, als die Wasserleiche gefunden wurde. Mich hat das inzwischen ganz persönlich gepackt. Die Sache mit Sarah Rasmussen.«

»Woher wollen Sie wissen, dass es um den Fall Rasmussen geht?«

»Uwe Jensen und Katja Koch sind dabei. Der Einsatz findet in der Hafenchaussee statt, nicht weit vom Parkplatz entfernt, auf dem das Handy gefunden wurde. Zählt man 1 und 1 zusammen, ergibt das den Fall Rasmussen. Logisch?«

»Logisch. Woher haben Sie den Tipp?«

»Darf ich nicht sagen. Wir Journalisten haben unsere Quellen.« Er grinst und überholt einen Porsche, der auf der rechten Spur der Umgehungsstraße schleicht.

»Mehr wissen wir allerdings nicht. Ich hatte gehofft, dass Sie mir …«

»Nein.«

»Okay.«

Halit Erkin stellt seinen Wagen tatsächlich auf dem Parkplatz Süd in Kattwerder ab. Harms blickt auf das Kassenhäuschen neben der Zufahrtsschranke, die zwei Lichtmasten, die unauffälligen Überwachungskameras. Wie bei den verschwommenen Standfotos. Und den Bildern, die in seinem Kopf abliefen.

»Bitte kommen Sie. Wir müssen ein Stück zu Fuß weiter.«

Der Fotograf schultert seinen Kamerarucksack und biegt vom Parkplatz nach links in die Hafenchaussee ein. Harms zögert und folgt ihm dann doch. Irgendetwas gefällt ihm an der Sache nicht. Hinter der nächsten Kurve stoßen sie bereits auf die ersten verdächtig unauffällig abgestellten Fahrzeuge. Harms erkennt den schwarzen Dienst-VW von Uwe Jensen, jetzt natürlich ohne Blaulicht auf dem Dach. Weitere Polizeifahrzeuge parken erfahrungsgemäß auf einem Hinterhof in der Nähe.

Der Wohnblock, der offenbar Ziel des Einsatzes sein soll, liegt an einem ruhigen Seitenweg, erhöht auf einem mit Sträuchern bestandenen Wall. Gestrichen in hässlichem Gelb, wodurch die vielen grau verputzten Risse besonders ins Auge fallen. Ein typischer 1960er-Jahre-Bau mit schmalen Sprossenfenstern, Erkern und vorspringenden Balkons voller Satellitenschüsseln.

Während Halit Erkin mit hastigen Schritten weitergeht, bleibt Harms zurück und lehnt sich an eine Mauer auf der anderen Straßenseite. Zwischen dichten Efeuranken klebt auch hier ein zweckentfremdeter Teller. Streetart. »Vergiss dein nicht!«, lautet die Aufschrift. Bleibt er genau deshalb zurück? Die Zeiten, in denen er an vorderster Front im Polizeieinsatz war, sind vorbei. Er schließt die Augen. Keine Bilder. Gut so.

Als er die Augen wieder öffnet, sieht er den Pressefotografen mit seiner Kamera vor dem Haus stehen. Die Polizisten müssen sich bereits im Gebäude befinden, denn außer zwei Männern in Zivil, die den Eingang sichern, ist weit und breit niemand zu sehen.

Harms wartet auf etwas, das die Stille durchbricht. Dann fallen die Schüsse. Fünf Schüsse in schneller Folge und die Antwort aus den P99-Dienstwaffen. Schreie, Kommandos. Die Männer in Zivil am Eingang zücken ihre Selbstladepistolen, bleiben aber auf ihrem Posten. Halit Erkin fotografiert. Aus einem Hinterhof biegt ein Notarztwagen auf die Hafenchaussee ein, hält vor dem gelben Wohnblock und versperrt Harms die Sicht. Also schließt er wieder die Augen. Immer noch keine Bilder. Er horcht auf die Geräusche. Ferne Stimmen, Schritte, Autotüren, die hastig geöffnet und geschlossen werden, dazwischen das Geschrei der Möwen aus dem nahen Hafen. Er spürt die kühle Mauer in seinem Rücken. Es riecht feucht zwischen dem Grün des Efeus. Eine laute Stimme aus dem Megafon fordert die Anwohner auf: »Bitte gehen Sie zurück in Ihre Wohnungen!«

Harms weiß nicht, wie lange er schon so mit geschlossenen Augen dasteht, an die Mauer gelehnt, mit den Gedanken ganz woanders. Bei Sarah. Bei Jannika. Bei Hendrik. Hat dieser Einsatz wirklich etwas mit dem Fall Rasmussen zu tun?

Jemand kommt auf ihn zu. Harms blickt auf und sieht Uwe Jensen, der mit schweren Schritten die Straße überquert. Sein Gesicht ist bleich, die geröteten Augen liegen tief in den Höhlen. Seine Haare, sonst struppig und widerspenstig, kleben ihm am Kopf. Das Riesenbaby scheint in den letzten Wochen rapide gealtert zu sein. Statt einer Begrüßung lehnt er sich neben seinen Ex-Kollegen an die Mauer.

»Ich mag nicht mehr, Paul.«

»Schiefgelaufen?«

Der Kriminalhauptkommissar gibt einen Laut von sich, der sowohl Lachen als auch Seufzen sein kann.

»Zum Glück ist keiner von uns ernsthaft verletzt. Wir haben nicht damit gerechnet, dass er sofort das Feuer eröffnet.«

»Wer?«

»Ich dachte, das weißt du von Halit Erkin.«

»Der hatte nur den vagen Tipp, dass irgendwas läuft. Mehr nicht.«

»Marcel Le Blanc. Gegen ihn lag ein Haftbefehl vor. Außerdem bestand dringender Tatverdacht wegen des Brandanschlags in Kollbek.«

»Du sprichst in der Vergangenheit. Ist er ...«

Jensen nickt und schlägt mit der geballten Faust gegen die Mauer hinter sich. Der Streetart-Teller löst sich und zerschellt auf den rauen Gehwegplatten. Eine Scherbe mit dem Wort »Vergiss ...« landet Harms direkt vor den Füßen.

»Offenbar ein Querschläger. Die tödliche Kugel hat ihn im Rücken erwischt. Wir kommen so nicht weiter. Wieder eine Spur, die kalt wird.«

»Buchstäblich.«

»Wie bitte?«

»Ach, vergiss es, Uwe. Wie habt ihr ihn eigentlich gefunden?«

»Die Koch war in Marktfeld und hat die Kollegen dort rund gemacht. Weiß du, wie man sie beim BKA nennt? Godzilla.«

Harms lacht nicht.

»Sie hat in Kuczinskis Unterlagen gezielt Verbindungen zu unserem Fall gesucht und ist dabei auf eine Wohnung gestoßen, die er vor einem Jahr in der Hafenchaussee angemietet hat. Er war aber wohl nie hier. Wir haben uns diskret bei den Nachbarn umgehört, und die wollen Marcel Le Blanc auf unseren Fotos erkannt haben. Ein stiller netter Mieter, immer hilfsbereit und bescheiden.«

Aus dem Eingang des gelben Wohnblocks mit den grau verputzten Rissen tritt eine Frau auf die Straße. Katja Koch. Godzilla. Sie blickt zu den beiden rüber und winkt Uwe Jensen zurück. Der stößt sich wortlos von der Mauer ab, wendet sich aber noch mal um.

»Mehr darf ich dir nicht sagen, Paul. Warte die offiziellen Pressemeldungen ab. Vielleicht hat sich bis dahin Neues ergeben.«

Der Einsatz ist vorbei. Jetzt nimmt die Spurensicherung ihre Arbeit auf. Routine. Man wird den Toten Marcel Le Blanc von allen Seiten fotografieren, den genauen Tathergang protokollieren, die Aussagen aller Beteiligten aufnehmen. Hoffentlich, denkt Harms, wird wegen der tödlichen Schüsse kein Verfahren gegen den Schützen eröffnet. Wenn es wirklich ein Querschläger war ...

»Die Bilder sind schon in die Redaktion geschickt. Wir können fahren.« Unbemerkt ist Halit Erkin neben ihn getreten. Er strahlt. Exklusive Bilder für die Online-Ausgabe. Toter bei Polizeieinsatz. Der Tipp, von wem auch immer er kam, hat sich für ihn gelohnt.

»Danke, ich glaube, ich gehe lieber zu Fuß.«

»Das ist aber verdammt weit.«

»Egal. Ich muss nachdenken. Außerdem kann ich unterwegs jederzeit den Bus nehmen.«

Der Fotograf blickt ihn verwundert an, zuckt dann aber mit den Schultern.

»Okay. Ich melde mich morgen bei Ihnen.«

Harms nickt und schließt wieder die Augen. Es ist still geworden in der Straße. Oder blendet er alle Geräusche aus? Die Stimmen, die vorbeifahrenden Polizeiwagen, das Geschrei der Möwen? In seinem Kopf wirbeln die Bilder durcheinander. Kein lebendiger Film, sondern zusammenhanglose Eindrücke. Spökenkieker? Von wegen. Eigentlich ist Harms froh darüber.

Samstag, 18. Juni: *Karla liest ein Buch, und auch sonst passiert nichts*

Paul Harms fühlt sich so nutzlos wie seine Ukulele an der Wand. Er sehnt sich zurück nach der Ruhe des Friedhofs, nach den Stiefmütterchen, Buchsbaumhecken und Trauerbuchen. Nach den Grabsteinen, Engeln und Kränzen mit Schleifen. Alles wäre besser als diese Hilflosigkeit. Er hat den Fall völlig unterschätzt, und jetzt zieht ihn der Sog immer tiefer. Er kann nicht mehr zurück. Schon allein wegen Sarah. Der ehemalige Kriminalhauptkommissar ertappt sich dabei, dass er in seinem Lieblingssessel sitzt wie die junge Frau bei ihrem ersten Besuch. Zu aufrecht, den Rücken nicht angelehnt, die Knie zusammengepresst. So sitzen verstörte Menschen in schlechten Filmen, hat er damals gedacht. Jetzt sitzt er selbst so.

Harms nippt an seinem grünen Tee. Joongjak aus Südkorea. Er mag diese Rarität aus gedrehten, olivgrünen Blättern, die auf traditionelle Art zuerst gedämpft, dann geröstet werden. Heute schmeckt der Tee bitter.

Er blickt zu Karla, die ihm gegenüber auf dem blau-grün gestreiften Sofa liegt und im Buch über rechte Esoterik liest. Sie trägt ihren einteiligen Hosenanzug, der Harms immer an die Teletubbies erinnert, und hat die Haare zu zwei Zöpfen geflochten. Jetzt legt sie ein Lesezeichen zwischen die Seiten und gähnt.

»Entspann dich, Paul«, rät sie. »Du sitzt da wie verstörte Menschen in schlechten Filmen.«

»Ich bin ein verstörter Mensch in einem schlechten Film.«

»Das Leben schreibt eben manchmal schreckliche Drehbücher.« Sie schiebt das Buch neben die Leselampe auf dem Couchtisch und nimmt ihre Brille ab. »Was hältst du von Sarahs bemerkenswerter Bettlektüre?«

Paul Harms nimmt einen weiteren Schluck Joongjak-Tee. Plötzlich schmeckt er viel milder.

»Es gibt zwei Möglichkeiten. Erstens: Sarah ist auf eine Spur gestoßen, die sie der Polizei verschweigt. Zweitens: Sie ist selbst in die Fänge einer Sekte geraten. Wäre auch das denkbar?«

Karla verdreht die Augen zur Decke.

»Ach, Paul, denkbar ist vieles. Du hast sie erlebt, so kindlich und labil, wie sie hier saß. Suchende sind ideale Opfer für Seelenfänger.«

»Aber du glaubst nicht daran?«

»Nein.«

»Warum nicht?«

Sie lacht, greift wieder nach dem Buch und schlägt willkürlich eine Seite auf, die mit einem gelben Zettel markiert ist.

»Du bist ein guter Polizist, Paul, aber ich bin eine gute Psychologin und Seelsorgerin. Die gelben Zettel in diesem Buch zeigen, wie intensiv Sarah sich mit solchen gefährlichen Gruppierungen beschäftigt hat. Sie wollte etwas verstehen, was schwer zu verstehen ist: Warum Menschen ihre Seele verkaufen.«

»Hendrik?«

»Eher Jannika. Denk nur daran, in welchem Zustand sie zu dir auf den Friedhof kam.«

Harms seufzt.

Mit Jannika hat er sich bislang zu wenig beschäftigt. Was weiß er überhaupt über die Sternbergs? Nur der tödliche Unfall der Eltern hat sich in sein Gedächtnis eingebrannt. Dabei ist Hendriks Freundin sogar in seinen Armen gestorben.

»Trotzdem passt das nicht. Eine Sekte engagiert keine Killer. Psychischer Druck auf die Mitglieder, klar, das gibt es, aber keine Methoden aus dem Rotlichtmilieu.«

Karla rollt wieder mit den Augen und wirft ihm kurz entschlossen das Buch mit den gelben Zetteln zu.

»Lies das bitte genauer. Du wirst begreifen, wie sehr sich die Welt verändert hat, ohne dass du dabei warst.«

Harms lehnt sich in seinem Lieblingssessel zurück, blättert weiter durch das Buch über rechte Esoterik und legt es dann doch neben sich auf die Fensterbank. Sein Blick fällt auf die Kirschbaumschrankwand an der gegenüberliegenden Wand. Vollgestopft mit Erinnerungen. Das Foto von Karla und Paul am Nordseestrand, im Hintergrund der Leuchtturm. Ihr erster Urlaub nach der Hochzeit. Hat sich die Welt

seit damals wirklich so verändert? Ist ihm zwischen Grabsteinen, Engeln und Buchsbaumhecken der Blick auf die Re-
alität abhandengekommen?

»Halt mir einen Vortrag, Karla. Erklär es mir in deinen
Worten.«

Karla streckt ihre Beine auf dem blau-grün gestreiften
Sofa aus und schnippt einen nicht vorhandenen Krümel von
ihrem Teletubbie-Anzug.

»Okay, du hast es so gewollt, du weltfremder Friedhofsgärtner«, sagt sie lachend. »Also, ganz allgemein: Wir suchen immer nach Erklärungen. Wenn die Menschen früher
etwas nicht verstanden haben, eine Krankheit, ein Unwetter, eine Katastrophe, dann vermuteten sie dahinter meist
göttliche Mächte. Eine Strafe. Die Sintflut, die Pest.«

»Fang jetzt nicht bei der Arche Noah an.«

»Doch. Denn heute ist es nicht viel anders. Nur dass die
Sekten neue Erklärungen anbieten. Verschwörungstheo-
rien, und seien sie auch noch so absurd. Die Esoterik wird
immer mehr von Rechtsextremen unterwandert. Unsere
Demokratie ist für sie nur ein Mittel der Unterdrückung, die
herrschende Elite will angeblich mit hochkriminellen Seil-
schaften den Rest der Bevölkerung ausschalten. Und ähn-
lichen Schwachsinn. So servieren Sekten Erklärungen für
die Weltkrisen. Sie sind die Einzigen, die das wahre Wissen
haben, die verstehen, was los ist auf der Welt. Sie agieren
oft irgendwo zwischen Öko und völkischen Idealen. Je mehr
sie sich in Verschwörungsmythen hineinsteigern, umso ra-
dikaler und gewaltbereiter werden solche Gruppierungen.
Sündenböcke sind inzwischen weite Teile der Gesellschaft.

Die Mächtigen, die beseitigt werden müssen. Alles bereitet sich auf einen Showdown vor.«

»Was hat das denn mit religiösen Sekten zu tun?« Paul nippt an seinem grünen Joongjak-Tee. Der ist inzwischen kalt.

»Mensch, Paul, begreif doch. Esoterik als trojanisches Pferd der Rechten! Viele haben sich radikalisiert und verfolgen politische Ziele. Sie geben sich so klangvolle Namen wie ›Organische Christus-Gemeinde‹ oder ›Anaspharia-Bewegung‹. Andere agieren komplett im Verborgenen und suchen sich ihre Opfer im Internet. Du erkennst sie nicht an roten Klamotten oder Glöckchen um den Hals. Das sind tickende Zeitbomben, die unsere Demokratie aushebeln wollen. Im Netz kursieren sogar Todeslisten mit Namen von Politikern, Journalisten und Prominenten.«

»Das ist Größenwahn, das ist Wahnsinn!«

»Natürlich ist das Größenwahn. Meist bleibt es bei harmlosen Spinnereien, aber wenn die gefangenen Seelen als Marionetten missbraucht werden, droht ernsthafte Gefahr. Und das könnte hier der Fall sein.«

Paul Harms schließt die Augen. Jetzt sehnt er sich endgültig zurück zur Ruhe auf seinem Friedhof. Als Kriminalhauptkommissar hätte er wenigstens Kompetenzen gehabt, hätte auf Spurensicherung, Kriminaltechnik und sein ganzes Team zurückgreifen können. Jetzt hat er nichts. Und steckt trotzdem mittendrin in diesem verzwickten Fall.

KAPITEL 4

Sonntag, 19. Juni: *Nackte Tote säumen den Weg, und Inga kann mehr als Eis*

Ein Gewitter liegt in der Luft, über den Kleingärten türmen sich dunkle Wolkenberge auf. Karla und Paul Harms lassen sich dadurch aber nicht von ihrer morgendlichen Laufrunde abhalten. Sie hat ihre Haare wieder zu zwei Zöpfen geflochten und trabt voraus. Er schnauft hinterher, schon mit den ersten Schweißtropfen auf der Stirn. Die dünner werdenden blonden Haare kleben am Kopf.

Quer durch das Gelände der beiden Gartenvereine hat die Stadt vor Kurzem einen der Sandwege asphaltieren lassen. Ein Paradies für Radfahrer, Jogger und Hundehaufen. Wenn die beiden jetzt im Zickzack laufen, hat das allerdings andere Gründe. Nacktschnecken. Stoisch kriechen sie über die schwarzglänzende Straßendecke, ungeachtet der Gefahr durch deutlich schnellere Radler. Die Folgen sieht man überall. »Straße der nackten Toten« heißt die Wegstrecke bei den Nachbarn.

»Große Runde?«, fragt Karla Harms.

»Große Runde.«

Die führt vom alten Wasserturm über die Hundewiese bis zur U-Bahnstation und zurück. Sie biegen rechts in den

Meisenstieg ein. Selbst die kleinsten Wege tragen in dieser Kleingartenanlage einen Namen. Gimpelweg, Rotkehlchenallee, Amselgasse. Vor ihrem Lieblings-Horrorgarten legen die beiden eine kurze Verschnaufpause ein. Dort drehen sich die Flügel einer Miniwindmühle träge im Wind, auf dem akkurat geschnittenen Rasen grinsen ihnen Hunde, Rehe, Erdmännchen und Eulen mit leuchtenden Augen entgegen, über allem hängt schlaff eine Deutschlandfahne.

Dann klingelt das Handy. Auf diesen Anruf hat Harms schon gewartet. Halit Erkin. Während Karla ungeduldig auf der Stelle trabt, geht er ein paar Schritte zur Seite und presst das Telefon ans Ohr.

»Haben Sie unseren Artikel gelesen?«, fragt der Fotograf, mal wieder ohne Begrüßung.

»Habe ich. Der Fall Rasmussen wird aber nicht erwähnt.«

»Abwarten.« Sogar durchs Telefon spürt Harms, wie Halit Erkin grinst. »Die offizielle Pressemeldung war okay. Haftbefehl, dringender Tatverdacht wegen des Brandanschlags, der Anwalt Werner K., der ihm die Wohnung besorgt hat, der unglücklich verlaufene Einsatz in Kattwerder.«

»Und?«

»Hat Ihnen der Artikel gefallen?«

»Ihr habt viel draus gemacht.«

»Danke. Werde ich weitergeben. Ist von Inga. Kürzel I.K. – Inga Karlsen.«

Von Inga? Harms schluckt. Die braungebrannte Eisprinzessin mit den langen lila Fingernägeln, die sich vom Terrier Fatih das Gesicht abschlabbern lässt?

»Weil Polizei und BKA abblocken, hat sich Inga bei den

Pressekollegen in Sachsen-Anhalt umgehört. Die Wohnung in der Hafenchaussee war möglicherweise kein Einzelfall. Es gibt Gerüchte, dass Kuczinski als Strohmann weitere Immobiliengeschäfte abgewickelt haben könnte. Es geht angeblich um mehrere Wohnungen, um Gewerberäume und Bauernhöfe.«

»Bauernhöfe? In der Nähe von Kruckhorn?«

»Keine Ahnung. Das sind alles nur Gerüchte.«

Harms muss an den Besuch bei Lisa Krogmann denken. An das Weckglas, das Jannika Sternberg ihr geschenkt hat. Mit handgeschriebenem Etikett: Biohof Kröger, Groß-Langenmoor. Er hört wieder Karlas Vortrag über rechte Sekten, irgendwo zwischen Öko und völkischen Idealen.

»Ich glaube, ich werde heute Nachmittag einen Ausflug machen«, sagt er. »Haben Sie Lust mitzukommen?«

»Klar. Könnte eine Story geben, oder?«

»Könnte.«

»Darf Inga mit?«

»Aber ohne Hund.«

»Okay. Bis später.«

Karla ist inzwischen dicht an ihn herangetreten, um mithören zu können. Das Traben auf der Stelle hat sie aufgegeben. Wird doch nichts mehr mit der großen Runde. Außerdem zuckt gerade der erste Blitz über den dunklen Himmel. Der Wind frischt auf und lässt die Deutschlandfahne im Kleingarten knattern. Kein Donner. Das Gewitter ist weit entfernt.

»Wieder ein Ausflug nach Kruckhorn?«

»Groß-Langenmoor. Aber ich versuche vorher, Uwe zu erreichen. Vielleicht gibt es inzwischen eine andere Spur von Sarah.«

Karla nickt, legt ihm den rechten Arm um die Schulter und küsst ihn aufs Ohr. Harms kennt die Übersetzung: Danke, aber pass auf dich auf!

Während in der Ferne der erste Donner grollt, wählt er die Nummer des ehemaligen Kollegen. Heute ist zwar Sonntag, aber den verbringt der unfreiwillige Junggeselle sowieso meist zu Hause. Bei Fernsehfußball und Bier.

»Nein, Paul. Du brauchst gar nicht anzurufen. Ich sage nichts.«

»Nette Begrüßung.«

»Entschuldige, aber ich weiß ja, was du willst. Die Sache ist zu heiß geworden. Da steckt mehr dahinter, als du ahnst. BKA und Staatsanwaltschaft reißen mir den Kopf ab, wenn ich interne Informationen weitergebe.«

»Ich will mich nicht in euren Fall einmischen. Ich will Sarah finden.«

»Das ist unsere Aufgabe.«

»Ganz ehrlich, Uwe, habt ihr überhaupt irgendeine Spur von Sarah?«

Schweigen.

»Einen Anhaltspunkt, wo sie sein könnte?«

Schweigen.

»Nein.« Jensens Stimme klingt gepresst.

»Pass auf, ich stelle dir zwei Fragen, und du brauchst nur mit ja oder nein zu antworten.«

Schweigen.

»Du hast mal gesagt, in Jannikas Handy war die Nummer

eines Bauernhofs gespeichert. War das der Biohof Kröger in Groß-Langenmoor?«

»Keine Ahnung. Wir haben dem damals keine Beachtung geschenkt.«

»Und bei den Immobilien, die Kuczinski als Strohmann gekauft hat, war da der Biohof Kröger dabei?«

Schweigen.

»Welche Immobilien?«

»Uwe, bitte!«

»Ich weiß lediglich von der Wohnung in der Hafenchaussee. Außerdem hat man mir einen Maulkorb verpasst, Paul. Ich dürfte nicht mal mit dir telefonieren.«

»Lass es, Uwe. Früher hättest du dich damit nicht zufriedengegeben. Schade.«

»Paul, ich ...«

»Wie gesagt: Lass es. Aber wundere dich nicht, wenn ich versuche, Sarah aufzuspüren. Das bin ich ihr schuldig. Und: Wenn wir sie finden, erfährst du es als Erster.«

Harms ist überzeugt, dass das Riesenbaby die Ironie in diesen Worten nicht bemerkt, und tastet die Verbindung aus. Warum sollte er Jensen von dem Buch erzählen, das er unter Sarahs Kopfkissen gefunden hat? Das Sachbuch über rechte Sekten. Vielleicht ist das BKA sowieso schon auf dieser Spur unterwegs? Am liebsten hätte er das Handy gegen die Miniwindmühle geschleudert, deren Flügel sich jetzt immer schneller im aufkommenden Gewittersturm drehen. Dicke Regentropfen fallen vom Himmel und hinterlassen dunkle Flecken auf den Kleingartenwegen. Mit einem lauten Knall reißt die Deutschlandfahne vom Mast.

»Nach Hause?«, fragt Karla.

»Nach Hause.«

Sonntag, 19. Juni: *Ein Puzzleteil fällt an seinen Platz, und Karla fällt ins Güllekoma*

»Sie haben Ihr Ziel erreicht«, verkündet die kühle Frauenstimme. Das stimmt zwar nicht, denn ihr eigentliches Ziel ist Groß-Langenmoor, aber am Unfallort der Sternbergs hat sich Harms mit Halit Erkin und seiner Eisprinzessin Inga verabredet. Zwei Monate sind bereits vergangen, seitdem der Friedhofsgärtner hier seinen alten Toyota Starlet zum ersten Mal zwischen zwei Apfelbäumen zum Stehen brachte. Die Landstraße nach Kruckhorn, die Böschung mit Graben, die schwarzbunten Kühe auf der Weide, der Baum, an dem damals der Wagen von Jannikas Eltern zerschellte. An das tragische Ereignis erinnern weiterhin rote Grablichter, ein schlichtes Holzkreuz und ein Strauß frischer Wiesenblumen.

Paul Harms steigt aus, Karla bleibt im Wagen sitzen. Sie weiß, was sie draußen erwartet, denn unterwegs haben sie wieder einen Traktor mit Gülleanhänger überholt. Das Gras, das bei ihrem letzten Besuch am Unfallort feucht vom Regen der letzten Tage glitzerte, liegt jetzt braun und verdorrt in der Junisonne. Der trockene Boden staubt bei jedem Schritt auf. Hier hat das Gewitter also nicht gewütet.

»Es stinkt«, schimpft Karla Harms.

»Das sagtest du bereits beim letzten Mal.«

»Dann stinkt es hier halt immer. Hättet ihr keinen anderen Treffpunkt abmachen können?«

Harms zuckt mit den Schultern. Halit Erkin und seine Freundin mussten kurzfristig zu einem Redaktionstermin. Überfall auf einen Kiosk. Fotos schießen, Routinetext schreiben, online stellen. Wenn der Fotograf seinen Fiat 500 so scheucht wie neulich auf dem Weg nach Kattwerder, müsste er bald eintreffen.

Während Karla im Wagen schmollt, bückt sich Paul Harms nach den Wiesenblumen neben dem Holzkreuz. Roter Mohn, weiße Gänseblümchen, gelber Löwenzahn. Wer hat sie unter dem Apfelbaum abgelegt? Auf einer Straße am Ende der Welt? Jannika Sternberg ist tot. Gibt es andere Verwandte? Wieder verflucht der Friedhofsgärtner die Tatsache, dass er nicht mehr wie früher die Unfallprotokolle im Polizeicomputer einsehen kann.

Auf der Landstraße nähert sich jetzt der Traktor, den sie auf dem Weg zum Treffpunkt überholt haben. Karla rutscht sicherheitshalber tiefer in ihren Sitz und kontrolliert, ob alle Fenster geschlossen sind. Sinnlos. Denn der Traktor mit dem Gülleanhänger hält genau neben dem Starlet am Straßenrand.

»Moin.« Der Treckerfahrer könnte aus einer Fernsehwerbung stammen. Olivgrüne Bauernmütze mit Schirm und zwei Hornknöpfen, rotkariertes Hemd, Latzhose. Mehr Klischee geht kaum.

»Moin«, sagt Paul Harms.

»Freunde von ihnen?«

»Nachbarn.«

»Tragisch, die Sache.«

»Ja, tragisch.« Harms deutet auf die frischen Blumen.

»Wissen Sie, wer den Strauß da hingelegt hat?«

»Klar.« Der Traktor bollert weiter dumpf vor sich hin. »Ich. Tut ja sonst keiner mehr.«

»Kannten Sie denn die Sternbergs?«

»Ne. Hab das aber miterlebt. War mit dem Trecker drüben auf dem Feld.«

Gülle fahren, denkt Paul Harms. Ihm wird langsam übel von dem Gestank.

»Wie kann so ein Unfall passieren? Die Landstraße ist schnurgerade.«

»Ist gerast wie ein Verrückter. Und betrunken war er. Sagt die Polizei.«

»Trotzdem merkwürdig. Auf gerader Strecke voll gegen einen Baum?«

»Kommt vor. Bin natürlich gleich hin, aber da war nichts mehr zu machen. Die waren schon tot.«

»Sie haben die Polizei gerufen?«

»Ja. Weiß doch, was sich gehört. Nicht wie diese Scheißkerle, die einfach vorbeigefahren sind.«

»Moment.« Paul Harms hält nicht nur wegen des Gestanks die Luft an. »Da war ein zweites Auto?«

»Kurz danach, genau. Ist genauso gerast wie ein Verrückter. Aber lieber vorbei, statt zu helfen.«

»Was war das für ein Wagen?«

Der Treckerfahrer nimmt die olivgrüne Mütze ab und kratzt sich am Kopf. Die grauen Haare stehen widerspenstig in alle Richtungen ab.

»Keine Ahnung. Schwarz war er, so ein protziger Geländewagen.«

»Danke. Sie haben uns sehr geholfen.« Harms will dem Bauern erst die Hand schütteln, aber dazu hätte er dichter an das Güllegefährt herantreten müssen. Also winkt er zum Abschied.

Der Traktor bollert lauter, ruckt kraftvoll an und setzt seine Fahrt in Richtung Kruckhorn fort, dabei eine stinkende Tropfenspur auf der Straße zurücklassend. Harms wirft einen Blick auf das Holzkreuz und die Blumen, dann steigt er wieder in seinen Wagen. Der Ausflug nach Groß-Langenmoor hat sich jetzt schon gelohnt. Ein weiteres Puzzleteil liegt am richtigen Platz. Offenbar wurden die Sternbergs damals verfolgt. Kamen sie vom Biohof Kröger? Haben sie dort nach Jannika gesucht?

»Ich glaube, wir sind auf der richtigen Spur«, sagt Paul Harms, Karla antwortet nicht. Sie hat den Kopf zurückgelehnt und die Augen geschlossen. Ihr schmales Gesicht wirkt so grau wie die Sitzbezüge des Starlet.

»Hast du gehört?«

»Nein, Paul, ich bin ohnmächtig. Der Güllewagen stand die ganze Zeit direkt neben mir. Ich sehne mich nach einer Dusche.«

Harms beugt sich über Karla und gibt ihr zum Trost einen Kuss. Täuscht er sich, oder schmecken ihre Lippen nach Gülle?

»Die Dusche muss warten. Erst kommt der Besuch auf dem Biohof.« Im Rückspiegel sieht der Friedhofsgärtner, wie sich ein roter Fiat 500 nähert. Natürlich wieder zu schnell. Vielleicht, denkt Harms, sollte ich Halit Erkin das schlichte Holzkreuz, die Grablichter und die Wiesenblumen zeigen.

Sonntag, 19. Juni: *Eine Holzgans schnattert, und Halit trickst die Schweine aus*

Eine Attraktion des Hofladens sind die drei Schweinchen Gustav, Gertrud und Johannes. Das verkündet ein liebevoll gemaltes Schild, und das riecht man auch. Dagegen hat der Duft der Hortensien, Petunien und Margeriten in den grünen Blecheimerübertöpfen keine Chance.

»Landluft soll ja gesund sein«, sagt Karla Harms und umklammert krampfhaft ihr heißes Latte-Macchiato-Glas. »Wenn das stimmt, ist das heute der gesündeste Ausflug meines Lebens.«

Harms verkneift sich ein Grinsen. Das schafft er, weil er sich auf die debil glotzende Pappkuh konzentriert, die auf einer Schaukel im Sprossenfenster hängt. Ein Glöckchen um den Hals, eine rote Blume im Maul. Auf dem wackeligen Holztisch davor steht ein geflochtener Korb mit Äpfeln. »Bio. Eigene Ernte«, verrät ein handgeschriebener Zettel mit Smiley. Wo hat er diese Schrift schon mal gesehen? Ein Bild taucht vor seinen Augen auf. Verschwommen nur. Ein Drahtkorb mit Äpfeln. Dann ist alles wieder weg. Harms flucht. Er kann sich nicht erinnern.

Der Biohof Kröger liegt abseits der Landstraße an einem unbefestigten Feldweg, der nach Groß-Langenmoor führt. Sie sind an gelben Rapsfeldern vorbeigefahren, an Weiden mit Kühen und Pferden, an einer verfallenen Mühle, an Windrädern, die sich träge drehen. Eine Holzgans an der Zufahrt verkündet stumm schnatternd »Geöffnet«, und dieser Einladung sind sie gefolgt. Jetzt sitzen sie auf den grünweiß gestreiften Polstern der Gartenbänke, trinken Latte Macchiato und essen Bio-Erdbeerkuchen ohne Zuckerzusatz. Harmlose Wochenendausflügler. Inga trägt ein sommerlich leichtes Blümchenkleid, farblich passend zu ihren lila Fingernägeln, Halit Erkin hat sich für Jeans und seinen vertrauten grauen Kapuzenpulli entschieden. Ein schönes Paar.

Die meisten Sitzplätze vor dem Hofladen warten auf Gäste. Nur unter einem Regenbogensonnenschirm sitzen zwei Althippiepaare und halten Händchen. Denen gehört vermutlich der mit Blumenmustern beklebte VW Bulli, der auf dem Parkplatz neben einem schwarzen Nissan Note steht. Das letzte Modell, dessen Rücklichter nicht mehr dicht unterm Dach liegen. Harms spürt plötzlich eine Gänsehaut.

»Sieht alles harmlos aus, oder?« Inga balanciert ein viel zu großes Stück auf der Gabel und spreizt dabei den kleinen Finger ab. Ihrem Appetit scheint die gesunde Landluft kaum etwas auszumachen.

»Trotzdem stimmt hier irgendwas nicht.« Harms schiebt sich ebenfalls ein Stück Erdbeerkuchen in den Mund. Sauer. Richtig sauer, aber leider gut. »Die Sternbergs sind in der Nähe verunglückt. Vielleicht wurden sie verfolgt und sind deshalb so gerast. Jannika hat der Krogmann mehrere Weckgläser vom Biohof Kröger geschenkt. Das kann kein Zufall sein. Außerdem ...«

Weil gerade die Bedienung mit einem Tablett voller Kaffeebecher und Käsekuchen den Tisch unterm Sonnenschirm ansteuert, lässt Harms den Satz unvollendet. Die junge Frau trägt ein buntes Kopftuch und hat sich eine weiße Schürze vorgebunden. Auf dem Rückweg lächelt sie ihnen zu und verschwindet wieder im Hofladen, der offenbar früher als Kuhstall diente.

Einen Augenblick lang ist alles still. Nur die drei Schweinchen quieken in ihrem Stall, und ein Insekt, das fast aussieht wie eine Wespe und doch keine ist, schwirrt um eine Petunienblüte. Dann durchbricht das Zischen der Espressomaschine die ländliche Ruhe.

»Ich verstehe nicht, warum du Sarah ausgerechnet hier vermutest.« Halit Erkin ist längst zum vertraulichen Du übergegangen. Er blickt sich unauffällig um. Ein typisch norddeutsches Bauernhaus, das allerdings einen zwiespältigen Eindruck hinterlässt. Roter Klinker, Fachwerkbalken, grün gestrichene Fensterrahmen. Andererseits müsste das Reetdach dringend erneuert werden, und die Hühner auf dem Hof picken zwischen wucherndem Löwenzahn und Brennnesseln nach Körnern, Würmern und Käfern. Neben den Stallungen stehen zwei undichte Regentonnen, ein alter Fendt-Traktor mit zersplitterten Scheinwerfern und ein ausrangierter Heuwender. »Okay, du hast deine Erfahrungen als Kriminalhauptkommissar, aber ziemlich vage kommt mir das trotzdem vor. Das sind Vermutungen und keine Fakten.«

Paul Harms stochert mit der Gabel in seinem Erdbeerkuchen herum. Natürlich ist das vage. Er hat keinerlei Beweise, nicht mal konkrete Anhaltspunkte. Es ist ein Gefühl, das ihn von Anfang an in diese Gegend geführt hat. Erst auf die Landstraße Richtung Kruckhorn, schließlich nach Groß-Langenmoor. Der Spökenkieker folgt seiner inneren Stimme. Wenn sie Sarah finden wollen, müssen sie jeder Spur nachgehen, und sei sie noch so vage.

Karla reißt ihn mit einem unüberhörbaren Räuspern aus seinen Gedanken. Sie hat den leeren Kuchenteller zur Seite geschoben. Vor ihr liegt jetzt eine Ledermappe mit der Speisekarte und der Geschichte des Biohofs.

»Du erinnerst dich doch an Hendrik Rasmussens Zettel, auf dem der Name Lüders notiert war, Paul. Woher weißt du eigentlich, dass damit der Alte aus dem Blumenladen gemeint war?«

»Das kam von Uwe. Der Alte steht in Verbindung mit dem Fall. Und er ist untergetaucht.«

»Um es mit Halits Worten zu sagen: Das sind Vermutungen und keine Fakten. Früher hätte dir das nicht gereicht.«

»Worauf willst du hinaus?«

Sie schiebt ihm wortlos die Mappe hin:

»Biohof Kröger. Naturnah seit 1893. Inhaber Thorsten Lüders.«

Einem Thorsten Lüders gehört dieser Hof? Möglicherweise der Sohn von Jochen Lüders aus dem Blumenladen in Kollbek? Könnte das die fehlende Verbindung zu Jannika sein?

Der Himmel ist grau. Ein trüber Oktobernachmittag. Die Holzgans an der Zufahrt zum Biohof verkündet »Heute geschlossen«. Eine flatternde Plastikplane bedeckt die Tische und Stühle vor dem Café. Regen liegt in der Luft.

Maik Sternberg hat seinen weißen Peugeot direkt neben den Stallungen geparkt. Ein paar Hühner picken aufgeregt im Hof, aus dem Schweinestall klingt schrilles Quieken. Sonst ist es still. Sternberg stört diese Stille mit lautem Hupen. Während seine Frau im Wagen sitzen bleibt, steht er neben der geöffneten Fahrertür, beugt sich zum Lenkrad hinunter und hupt. Niemand reagiert. Nur die Hühner flattern auf.

»Jannika!« Er schreit. »Komm raus! Ich weiß, dass du hier bist!« Seine Stimme überschlägt sich. Er lallt. Er hat sich Mut und Wut angetrunken.

Johanna Sternberg schließt die Augen und ballt die Hände zu Fäusten. Sie ist blass. Ihre dünnen blonden Haare kleben am Kopf. Der Sicherheitsgurt liegt eng um ihre üppige Brust und schnürt ihr die Luft ab.

»Jannika! Verdammt, komm raus!« Nichts rührt sich im Bauernhaus mit dem Reetdach und den grün gestrichenen Fensterrahmen. »Was habt ihr mit unserer Tochter gemacht, ihr Schweine!«

Wieder drückt er wie wild auf die Hupe. Er schreit, er tobt. Er läuft mit unsicheren Schritten zur großen Hoftür und trommelt mit den Fäusten gegen das Holz. Er packt einen Spaten, der an der Fachwerkmauer lehnt und zertrümmert damit die Scheinwerfer des Fendt-Traktors.

Erste Regentropfen fallen vom grauen Himmel.

»Jannika!« Sternberg schreit, längst ist seine Stimme ein klägliches Jammern. Er geht zurück zu seinem Peugeot, steigt ein, lässt den Motor aufheulen. Mit durchdrehenden Reifen jagt der Wagen über das Kopfsteinpflaster des Hofs und biegt in den schmalen Feldweg ein. Vorbei an abgeernteten Feldern und morastigen Weiden.

Hinter den Stallungen taucht jetzt ein schwarzer Geländewagen auf. Der Fahrer hat die Scheinwerfer nicht eingeschaltet, obwohl der Regen in der einsetzenden Dämmerung die Sicht behindert. In sicherem Abstand folgt er dem anderen

166

Wagen. Erst auf der Landstraße gibt er Gas und blendet die Scheinwerfer auf.

Johanna Sternberg sieht als Erste den Verfolger. Ihr Mann drückt das Gaspedal durch, der weiße Peugeot rast viel zu schnell über die von Regen und Herbstlaub rutschige Landstraße. Sternberg flucht, umklammert das Lenkrad, reißt die Augen weit auf. An beiden Seiten fliegen die Bäume in beängstigendem Tempo vorbei. Plötzlich bricht der Wagen aus. Schleudert. Sternberg will bremsen und stemmt seinen Fuß doch aufs Gaspedal. Sein Blick ist starr auf den nächsten Baum gerichtet. Dann ...

»Paul?« Karlas Stimme klingt besorgt. »Was ist mit dir?«

Die Schreckensbilder verblassen nur langsam. War das ein wirrer Tagtraum, weil sie vorhin an der Unfallstelle gehalten haben? Oder steckt mehr dahinter? Harms spürt wieder Angst vor seinen eigenen Visionen.

»Alles okay«, sagt er trotzdem. Seine Stimme klingt rau. »Wir sollten aber so schnell wie möglich weg. Es war keine gute Idee, hierher zu fahren.«

»Es ist heller Tag, wir sitzen im Café. Was soll schon passieren?« Inga lehnt sich auf der Gartenbank zurück, verschränkt die Arme hinter dem Kopf und blinzelt in die Sonne.

»Paul hat recht«, bekräftigt Halit Erkin. »Aber bevor wir fahren, werde ich mal die gekachelten Räume aufsuchen.«

Ein Schild an der Hauswand zeigt den Weg zu den Toiletten. Am Tisch mit den Bio-Äpfeln vorbei, um die Ecke, direkt hinter dem Stall der drei Schweinchen Gustav, Gertrud und Johannes. Der Fotograf steht auf und schlendert betont gelassen über den Hof.

»Ihr seid natürlich eingeladen«, sagt Harms. Während die beiden Frauen in Ruhe den Milchschaum aus ihren Latte-Macchiato-Gläsern löffeln, geht er zum Bezahlen in den Hofladen. Eine gute Gelegenheit, sich genauer umzusehen.

So zwiespältig manches hier auch aussehen mag, der ehemalige Kuhstall wurde jedenfalls aufwendig umgebaut. Deckenbalken und Stützpfeiler aus rohem Holz erinnern an die ursprüngliche Bestimmung. An den Wänden quellen die Regale über von Weckgläsern mit eingelegtem Obst und Gemüse. Zucchini, Paprika, Kürbis, Bohnen, Rotkohl, Kurkumagurken. Selbstgemachter Erdbeeraufstrich steht neben Flaschen mit Aroniasaft und Eierlikör. Auf den roten Bodenfliesen locken Weidenkörbe mit Lammfellpuschen und gehäkelten Kuscheltieren. Der Kühltresen mit Ziegenkäse brummt leise vor sich hin. Über dem Eingang hängt ein Schild: »Lasst uns heute die Geschichten schreiben, die wir morgen erzählen möchten.« Das erinnert ihn an eine Grabinschrift, die er auf seinem Friedhof entdeckt hat.

Harms kauft eine Flasche Aroniasaft, gibt der lächelnden Verkäuferin mit dem Kopftuch und der weißen Schürze ein Trinkgeld und kehrt in den Garten zurück. Unauffälliger geht es kaum. Sie sind schließlich harmlose Besucher aus der Stadt.

Halit Erkin erwartet ihn draußen, die Frauen stehen bereits neben den Wagen auf dem Parkplatz des Hofladens.

»Planänderung, Paul«, flüstert der Fotograf. »Ich habe schon mit Inga und Karla gesprochen. Die beiden fahren mit meinem Fiat zurück. Wir nehmen deinen Wagen und halten bei der alten Mühle. Ich muss dir etwas zeigen.«

Paul Harms hakt nicht nach. Dafür klingt der Fotograf zu ernst. Was mag in der Zwischenzeit passiert sein? Also nickt er und folgt Halit Erkin auf den Parkplatz. Die Frauen winken lachend zum Abschied, doch Harms spürt, dass auch sie angespannt sind.

Die Fahrt bis zur verlassenen Windmühle verläuft schweigend. Während der rote Fiat 500 in Richtung Landstraße verschwindet, biegt Harms auf den Platz vor dem ehemals stolzen Bauwerk ab. Sein Starlet holpert über Kopfsteinpflaster und verdorrtes Gestrüpp, bevor er im Schatten der Mühle zum Stehen kommt. Wo sich früher die Flügel des Galerieholländers im Wind drehten, ragt jetzt ein morscher Balken aus der hölzernen Haube.

»Also? Was ist passiert?«

Statt einer Antwort holt Halit Erkin einen Laptop aus seinem Kamerarucksack, entnimmt einem kleinen schwarzen Würfel die Speicherkarte und schiebt sie in den Rechner.

»Minikamera«, sagt er. »Wiegt 25 Gramm.«

Auf dem Bildschirm tauchen die ersten Fotos auf. Der Eingang zum Hofladen, der Fendt-Traktor neben den Stallungen, die drei Schweinchen, zwei Schuppen mit vergitterten Fenstern und Flachdach, ein Ford, der auf Backsteinen gestützt vor sich hin rostet. Dann die erste Überraschung: eine verschwommene Gestalt, die den Hof überquert. Auf dem nächsten Bild erkennt Harms mehr. Ein faltiges Gesicht, graue Haare, ein krummer Rücken. Es ist jener Mann, der so verwelkt aussieht wie die meisten seiner Grünpflanzen hinter den beschlagenen Schaufensterscheiben. Jochen Lüders.

»Gratuliere, Halit. Gute Arbeit.«

»Das ist nicht alles. Ich habe auf Film umgeschaltet.«

Der Bildschirm des Laptops zeigt jetzt, wie Lüders zum linken Schuppen am anderen Ende des Hofs geht und die Tür öffnet. Eine zweite Gestalt taucht im Türrahmen auf. Eine Frau. Schemenhaft zu erkennen. Kurze schwarze Haare, ein weiter grauer Pullover, Jeans. Lüder schiebt sie sanft, aber bestimmt zurück in den Schuppen.

»Stopp. Kannst du das vergrößern?«

»Wird leider nicht schärfer. Dafür ist die Auflösung zu gering.«

»Sarah?«

»Möglich. Aber das lässt sich nicht genau feststellen. Die Entfernung war zu groß.«

Harms kneift die Augen zusammen und starrt wie gebannt auf den Bildschirm. Könnte das Sarah sein? Die Größe stimmt. Der Fotograf spult das Video vor und zurück, deutlicher werden die Bilder nicht.

»Wir haben auf jeden Fall Lüders. Das reicht, um Uwe Jensen einzuschalten.«

Harms steigt aus. Er braucht Luft. Seine Hände zittern. Es ist jenes Gefühl, das er aus seiner Zeit als Kriminalhauptkommissar kennt. Wenn alles in ihm sagt: Du bist dicht vor deinem Ziel! Während er auf dem Handy Jensens Nummer wählt, blickt er hoch zur umlaufenden Galerie der Windmühle. Teile sind abgestürzt und liegen jetzt auf dem ganzen Platz verstreut.

Den nächsten schweren Sturm wird die Ruine wohl nicht überstehen.

Bei Uwe Jensen springt die automatische Ansage an:

»Der Teilnehmer ist zurzeit nicht erreichbar.« Harms flucht und tastet aus.

Vielleicht hat er bei Mariella Pelanda mehr Glück. Hat er. Die kleine Italienerin geht sofort ran und stellt keine überflüssigen Fragen. Dafür liebt er sie. Seine ehemalige Kollegin hört geduldig zu, während er die Lage schildert. Die Fahrt nach Groß-Langenmoor, die neuen Erkenntnisse über den Unfall der Sternbergs, Thorsten Lüders als Inhaber des Biohofs, der untergetauchte Jochen Lüders, die Frau, die Sarah sein könnte. Nur Karla und Inga erwähnt er nicht.

»Okay. Wo genau bist du jetzt?«

»Etwa 500 Meter vom Hof Kröger entfernt, neben einer alten Windmühle.«

»Gut, rühr dich nicht von der Stelle. Ich sage Katja Koch Bescheid. Da muss das BKA ran. Groß-Langenmoor liegt schließlich nicht in unserer Zuständigkeit.«

»Ich bleibe hier und melde mich, wenn sich irgendwas tut.«

»Mach das. Und, Paul: Pass bitte auf dich auf!«

Harms atmet tief durch und lehnt sich an den steinernen Sockel der Mühle, direkt neben eine der leeren Fensterhöhlen. Nach so langer Zeit kommt endlich Bewegung in den Fall. Was vor zwei Monaten mit dem Pflanzen von Stiefmütterchen und einer Beerdigung begann, nähert sich jetzt hoffentlich dem Ende. Der Friedhofsgärtner muss an das Schild im Hofladen denken: »Lasst uns heute die Geschichten schreiben, die wir morgen erzählen möchten.« Er möchte keine Geschichten erzählen, aber die schreiben sich trotzdem von allein.

Sonntag, 19. Juni: *Einer Windmühle fehlen die Flügel, und Harms fühlt sich beflügelt*

»Worauf warten wir eigentlich?«

»Gute Frage.« Paul Harms blickt aus dem offenen Wagenfenster. Die Sonne ist mittlerweile hinter einer dichten Wolkendecke verschwunden. Bald setzt die Dämmerung ein. Schon jetzt wirkt der verlassene Galerieholländer nicht mehr romantisch, sondern unheimlich. Die Balken ächzen und knarren im auffrischenden Wind.

Was im Inneren herumhuscht, möchte Harms lieber nicht wissen.

»Die Mühlen des BKA mahlen manchmal langsam.« Wie kommt er jetzt auf diesen bildlichen Vergleich? »Wenn es nicht um Sarah gehen würde, hätte die Polizei genug Zeit für weitere Ermittlungen und einen geordneten Zugriff.«

Der Fotograf wechselt sicherheitshalber das Objektiv seiner Kamera. Mehr Lichtstärke. Sollte das BKA hier in der Dämmerung auftauchen, will er vorbereitet sein. Harms versucht inzwischen zum wiederholten Mal, Mariella Pelanda zu erreichen. Die automatische Voicemail schaltet sich an. Nein, eine Nachricht will er nicht hinterlassen. Bei Uwe Jensen hört er nur die Ansage, dass der Teilnehmer zurzeit nicht zu erreichen ist.

»Nervös?«, fragt Halit Erkin.

»Friedhofsgärtner sind nie nervös. Ihre Kunden haben es nicht eilig.« Der Witz ist alt, das weiß Harms und erwartet kein befreites Lachen. »Wir sollten trotzdem verschwinden. Egal, was die Pelanda gesagt hat.«

»Und ich soll mir die Reportage durch die Lappen gehen lassen? Nein, Paul, dann bleibe ich allein hier.«

Ein Mähdrescher nähert sich aus Richtung Groß-Langenmoor. Erst das vierte Fahrzeug, das in den letzten Stunden an der Mühle vorbeigekommen ist. Verdächtiges war nicht dabei. Im bunt beklebten VW Bulli saßen die Althippies, die Käsekuchen unterm Regenbogensonnenschirm gegessen haben. Ein E-Transporter der Post, ein BMW Cabrio, in dem sich ein tätowierter Typ den Wind um den kahlen Schädel wehen ließ, und jetzt der Mähdrescher.

»Hoffentlich wird das kein Fiasko wie euer Einsatz in Kattwerder.«

Paul Harms zuckt mit den Schultern.

»Mach dir keine übertriebenen Hoffnungen. Die werden nicht mit einer ganzen Hundertschaft anrücken. Mit welcher offiziellen Begründung auch? Weil wir auf einem unscharfen Video ein Mädchen gesehen haben, das Sarah sein könnte?«

»Aber alles stimmt! Denk an den Unfall der Sternbergs und an Lüders. Der Schlüssel zu diesem Fall ist der Biohof! Vermutlich dient er nur als Tarnung.«

»Mag sein. Aber für die Polizei zählen nur die Morde an Hendrik Rasmussen, Jannika Sternberg und Kuczinski. Und da haben wir nichts als Vermutungen. Nein, Halit, die Staatsanwaltschaft braucht handfeste Beweise. Wahrscheinlich kämpft Mariella gerade gegen die Windmühlen der Bürokratie.« Schon wieder dieser bildliche Vergleich. Harms hätte am liebsten gegrinst. Die neben ihnen aufragende Fassade scheint seine Sprache buchstäblich zu beflügeln.

Halit Erkin seufzt und widmet sich wieder seinem Laptop, während der Friedhofsgärtner aus Leidenschaft den morbiden Lauten der Windmühle lauscht. Dem Ächzen und Knarren, dem Knacken und Knistern, das bei empfindsamen Gemütern ähnliche Gefühle auslösen dürfte wie das Heulen des Winds zwischen den Grabsteinen. Er schließt wie so oft die Augen, aber auf erhellende Bilder wartet er vergeblich. Keine Visionen.

»Wir haben ganz schön gepfuscht, Paul. Über diesen Thorsten Lüders gibt es zwar nicht viel im Netz, aber die wenigen Infos hätten uns schon früher stutzig machen müssen.«

»Was heißt das?«

»Er stammt ursprünglich aus Marktfeld in Sachsen-Anhalt. Damit haben wir die Verbindung zu Kuczinski und Le Blanc. Dort hatte er bis vor fünf Jahren einen kleinen Computerladen.«

»Sagt Google.«

»Sagt Google. Außerdem gab es damals einen kleinen Skandal, weil Unbekannte zum Boykott des Ladens aufgerufen haben. ›Kauft nicht bei Nazi-Thorsten‹ stand auf Zetteln, die in ganz Marktfeld an den Wänden klebten.«

Harms flucht. So stümperhaft hätte er als ehemaliger Kriminalhauptkommissar nicht vorgehen dürfen. Warum hat er nicht rechtzeitig über den Biohof Kröger recherchiert, statt alle durch einen Ausflug nach Groß-Langenmoor in Gefahr zu bringen?

»Vielleicht sollten wir ...« Weiter kommt Halit Erkin nicht. Mit aufheulenden Motoren biegen zwei Geländewagen vom Feldweg auf den Platz vor der Mühle ab und stoppen direkt neben dem Starlet. Der Fotograf will seine Kamera hochreißen, Harms hält ihn am Arm zurück. Er sieht die Waffen, die von den Männern in den beiden Jeeps auf sie gerichtet werden. Der Spökenkieker hat auf ein Ende dieses Falls gehofft. Aber nicht auf dieses Ende.

Sonntag, 19. Juni: *Zwischen Obstkisten wird es dunkel, und Äpfel erleuchten Harms*

Das einzige Fenster ist mit Brettern vernagelt und zusätzlich von außen durch ein Gitter gesichert. Nur durch schmale Ritzen dringt etwas Licht in den Raum. Viel zu sehen gäbe es sowieso nicht. Bevor sich die schwere Eisentür hinter ihnen schloss, konnte Harms kahle Wände mit abblätterndem Putz, einen verrosteten Heuwender aus dem vorvorigen Jahrhundert und gestapelte Obstkisten erkennen. Seitdem herrscht Finsternis in ihrem Verlies.

»Warum haben die uns eigentlich nicht gleich abgeknallt?« Halits Stimme hallt unwirklich durch den Schuppen mit dem hohen Wellblechdach. »Bei Hendrik Rasmussen und den anderen waren sie auch nicht zimperlich.«

Paul Harms spart sich eine Antwort. Sinnlos. Auch seine Erfahrung aus jahrelanger Ermittlungsarbeit hilft ihm jetzt nicht weiter. Wie viele gefährliche Situationen hat er damals heil überstanden? Doch da war er nie allein und nie unbewaffnet. Er hatte Uwe Jensen an seiner Seite, Mariella Pelanda oder andere Kollegen. Keine Alleingänge! Einsätze nur als Team. Ein eisernes Motto, an das sie sich stets gehalten haben. Und jetzt …

»Nur gut, dass Inga und Karla in Sicherheit sind.« Der Pressefotograf will sich zum vernagelten Fenster vortasten, stößt aber schmerzhaft an den Heuwender und flucht. Dann versucht er, durch eine der Ritzen im Holz nach draußen zu spähen. In einem schmalen Lichtstrahl, der in den Raum fällt, tanzt Staub.

»Zu hell da draußen. Die Sonne ist schon untergegangen. Die müssen starke Scheinwerfer auf dem Hof haben. Was machen die bloß?«

Harms schweigt immer noch. Er sitzt auf dem Betonboden, lauscht auf die unverständlichen Stimmen, die von draußen zu ihnen dringen, und malt Buchstaben in den Schmutz. TL für Thorsten Lüders. JL für Jochen Lüders. HR für Hendrik Rasmussen. SR für Sarah Rasmussen. Auch wenn er in der Dunkelheit kaum erkennen kann, was er dort malt. Trotzdem. Es passt. Alle Puzzleteile, die sich in den letzten Monaten angesammelt haben, ergeben plötzlich ein Bild. Harms muss an das Gespräch mit Karla denken. Als sie nur mit den Augen rollte über seine offensichtlich naive Weltsicht: »Eine Sekte engagiert keine Killer. Psychischer Druck auf die Mitglieder, klar, das gibt es, aber keine Methoden aus dem Rotlichtmilieu.« Doch, genau das ist der Schlüssel zu den tödlichen Ereignissen. Hendrik, der sterben musste, weil er seine Freundin aus den Fängen der Esoteriksekte befreien wollte. Jannika, die erschossen wurde, als sie bereit war auszusteigen. Werner Kuczinski? Vielleicht wollte auch der Anwalt nichts mehr mit Lüders und seinen größenwahnsinnigen Plänen zu tun haben. Weil »Nazi-Thorsten« tatsächlich eine Todesliste mit Namen von Politikern,

Journalisten und Prominenten erstellt hat? Marcel Le Blanc war wohl eher ein williges Werkzeug. Ein Neonazi für die Drecksarbeit, der auch mal auf eigene Rechnung arbeitete. Wie beim Brandanschlag auf die Kollbeker Druckerei.

»Sag auch mal was, verdammt!« Halit Erkin scheint seine Gelassenheit zu verlieren. »Was grübelst du rum? Warum kommen deine Kollegen nicht? Bürokratie, oder was?«

»Ich frage mich eher, woher die Typen wussten, dass wir an der alten Mühle warteten.«

»Verdacht geschöpft? Vielleicht waren wir nicht unauffällig genug?«

»Und das fällt ihnen ein paar Stunden später ein? Nein, da steckt mehr dahinter. Sie hätten uns gleich verfolgen können.«

Halit Erkin tastet sich an der kahlen Wand ihres Gefängnisses entlang, um zur Tür zu gelangen. Ein lautes Poltern verrät, dass er stattdessen unliebsame Bekanntschaft mit den Obstkisten macht.

»Mist, da sind sogar Äpfel drin.«

Äpfel. Harms atmet tief ein. Er riecht tatsächlich Äpfel, die durch den Staub bis zu ihm gerollt sind. Bio-Äpfel.

Der Schreibtisch im Kommissariat sieht noch genauso aus wie früher. Die Stifte liegen sorgfältig geordnet neben der graugrünen Schreibunterlage. Der Bildschirm, die Tastatur, bei der das »a« klemmt, der röhrende Rechner. Warum wurde der Lüfter immer noch nicht repariert? Auf dem Display des Telefons steht jetzt der Name Pelanda. Mariella Pelanda. Wo immer seine Wochenration Gummibärchen lag, lädt ein Drahtkorb mit Äpfeln zum Zugreifen ein. »Bio. Eigene Ernte« verrät ein handgeschriebener Zettel mit Smiley. Auch der Schlumpf neben der Computermaus ist neu.

Die Bilder seiner Vision verblassen. Doch den handgeschriebenen Zettel mit Smiley sieht er weiterhin vor sich. Die gleiche Schrift wie im Hofladen, der gleiche Smiley. Mariella?

»Verdammt, warum kommt das BKA nicht?«

»Mach dir keine Hoffnungen.« Harms lacht. »Ich fürchte, niemand wird kommen.«

Montag, 20. Juni: *Draußen klappen die Autotüren, und drinnen klappt gar nichts*

Paul Harms pflanzt Stiefmütterchen. Virtuelle Stiefmütterchen. Dabei kann er stets am besten nachdenken. Über ihre Lage. Über Sarah, die hier vermutlich ebenfalls gefangen gehalten wird. Durch die schmalen Ritzen im vernagelten Fenster dringt weiterhin nur wenig Licht in ihr Verließ, aber der Friedhofsgärtner aus Leidenschaft braucht sowieso keine Helligkeit, um alles vor sich sehen: Wie er mit seiner kleinen Schaufel Löcher in exakt gleichem Abstand gräbt, Wasser hineingießt, um alles fachmännisch einzuschlämmen, wie er die gelben Stiefmütterchen setzt und die feuchte Erde festtritt. So hat alles angefangen. Wie lange ist das jetzt her? Er riecht wieder den Moder, denn der Mutterboden ist frisch. Wie das Grab, das er mit einem Blumenhalbkreis bepflanzt. »Für immer unvergessen«, steht in goldenen Lettern auf dem Stein, aber Harms weiß aus Erfahrung, dass dieses »Für immer« oft nur wenige Monate hält. Ob auch auf seinem

178

Grab bald Brennnesseln und Disteln wuchern? Ob quer über den Grabstein in schwarzer Schrift »Fahr zur Hölle!« steht? Darunter ein Hakenkreuz wie bei Hendrik Rasmussen? Nein, dieses Mal funktioniert es nicht mit dem konzentrierten Nachdenken beim Blumenpflanzen.

»Hör auf! Lass den Quatsch, verdammt!« Harms merkt gar nicht, dass er laut flucht. Halit Erkin räuspert sich.

»Entschuldige, dich habe ich nicht gemeint, Halit.«

Vermutlich zuckt der Fotograf im Dunkeln nur mit den Schultern und beschäftigt sich weiter mit dem museumsreifen Metallschrott im Schuppen. Statt virtuelle Stiefmütterchen zu pflanzen, rüttelt er mit aller Kraft an dem verrosteten Heuwender, dessen hölzerne Deichsel verrät, dass er einst von Pferden gezogen wurde.

»Was machst du da eigentlich?«

»So ein Ding hat viele spitze Teile. Wie Heugabeln. Vielleicht können wir die Typen damit überraschen.«

Harms spart sich einen Kommentar. Mit Heugabeln gegen automatische Schusswaffen? Andererseits ... Er steht auf und tastet sich an den umgestürzten Obstkisten vorbei zum Fenster. Irgendetwas geht dort draußen vor. Die starken Scheinwerfer brennen immer noch, ab und zu dringen Stimmen und das Klappen von Autotüren bis in ihr Gefängnis. Harms rückt zwei Obstkisten ans Fenster, um besser durch eine der Ritzen im Holz nach draußen spähen zu können. Wie vorhin Halit Erkin. Vergeblich.

Wieder klappen Autotüren. Das Aufheulen von Motoren. Mehrere Fahrzeuge, die über das Kopfsteinpflaster des Bauernhofs holpern. Stille.

»Sie sind weg.« Halit Erkin hat sich ebenfalls bis zum vergitterten Fenster vorgetastet und steht jetzt direkt neben Harms. »Die sind einfach abgehauen. Sollen wir uns darüber freuen?«

Sie lauschen weiter in die Nacht. Es bleibt still dort draußen.

»Freuen wir uns darüber.« Der Friedhofsgärtner lacht. »Auf jeden Fall gewinnen wir Zeit. Irgendwann werden Karla und Inga merken, dass da was nicht stimmt und versuchen, Uwe Jensen zu erreichen.«

»Und die Nacht ist auch vorbei.«

Der schmale Lichtschein, der durch den Spalt zwischen den Holzbrettern fällt, färbt sich langsam rötlich. Sehr rötlich. Zu rötlich.

Harms atmet tief ein. Etwas kitzelt in seiner Nase. Rauch.

»Scheiße!«, schreit Halit Erkin. »Die fackeln den ganzen Hof ab!«

Montag, 20. Juni: *Die Nacht wird heiß, und auch einen Friedhofsgärtner lässt das nicht kalt*

Wenn ein typisch norddeutsches Bauernhaus brennt, dann brennt es. Die Flammen fressen sich so schnell durch das trockene Reetdach, dass kaum Zeit für Flucht bleibt. Fachwerkbalken, Holzdecken und grün gestrichene Fensterrahmen bieten dem Feuer reichlich Nahrung. Bei einem Gewitter, das weiß Harms aus Erzählungen seiner Mutter, versammelten sich alle um den Küchentisch. Komplett angezogen, ein Lederköfferchen mit den wichtigsten Dokumenten vor sich, ängstlich in die Nacht lauschend. Wie viel Zeit vergeht zwischen Blitz und dem Rollen des Donners? Faustregel: Zehn Sekunden – und das Unwetter ist rund dreieinhalb Kilometer entfernt. Kommt es näher oder zieht es vorbei?

Harms braucht nicht viel Fantasie, um sich das Inferno vorstellen zu können, das jetzt dort draußen tobt. Das Knacken und Prasseln ist unüberhörbar, der rote Lichtschein spiegelt sich sogar in Halit Erkins aufgerissenen Augen. Es riecht nach Benzin. Also Brandbeschleuniger. Unter der schweren Eisentür dringt bereits beißender Qualm bis in den Schuppen.

»Wir müssen hier raus! Verdammt!« Der Fotograf hämmert mit den bloßen Fäusten gegen das Tor.

Irgendwo splittert Glas. Offenbar bersten die ersten Fensterscheiben. Oder die Weckgläser in den Regalen mit eingelegtem Obst und Gemüse. Zucchini, Paprika, Kürbis, Bohnen, Rotkohl, Kurkumagurken. Die Flaschen mit Aroniasaft und Eierlikör zerspringen, die Weidenkörbe mit Lammfellpuschen und gehäkelten Kuscheltieren gehen ebenso in Flammen auf wie der Ziegenkäse im Kühltresen. Harms muss an die Ledermappe mit der Geschichte des Bauernhofs denken. »Biohof Kröger. Naturnah seit 1893.« Auf das letzte Kapitel dieser langen Historie könnte er getrost verzichten.

Halit Erkin hustet und zieht sich die Kapuze seines grauen Pullis über den Kopf. Rauch und Hitze machen das Atmen im Schuppen zur Qual.

»Los, runter auf den Boden!« Die Stimme des Friedhofsgärtners ist nur ein schwaches Krächzen. »Sonst krepieren wir an Rauchvergiftung.« Auf allen vieren kriecht er zu Halit Erkin neben der Eingangstür. Die giftigen Gase sammeln sich zuerst unter der Wellblechdecke. Vielleicht können sie hier unten länger durchhalten. Bis die Feuerwehr kommt. Wenn sie kommt. Groß-Langenmoor liegt schließlich am Ende der Welt.

»Still!« Der Fotograf packt Harms an der Schulter. »Was ist das?«

Zwischen dem Prasseln der Flammen ist jetzt deutlich der Motor eines Wagens zu hören. Schritte. Halit Erkin springt auf und hämmert wie wild gegen die Eisentür. Auch Harms hält es nicht mehr auf dem Boden.

»Hier! Hier sind wir! Im Schuppen!« Hören kann da draußen vermutlich niemand sein heiseres Krächzen, das immer wieder von heftigen Hustenanfällen unterbrochen wird.

Dann geht alles ganz schnell. Jemand schiebt den Außenriegel zurück, die schwere Eisentür wird aufgerissen. Ein Schwall glühend heißer Luft fegt in den Schuppen und nimmt den beiden endgültig den Atem.

»Raus hier! Schnell!« Die gekrümmte Gestalt, die sich wie ein Schattenriss vor dem Flammenmeer abzeichnet, hat ein nasses Tuch vors Gesicht gebunden, um gegen den Qualm geschützt zu sein. Harms erkennt ihn trotzdem. Jochen Lüders. Der Alte aus dem Blumenladen.

Sie stolpern ins Freie. Der Anblick, der sich ihnen bietet, übersteigt die schlimmsten Befürchtungen. Über dem Hauptgebäude schlagen die Flammen meterhoch in den Himmel, eine Außenmauer des ehemaligen Kuhstalls ist bereits eingestürzt. Scheiben bersten in der Hitze, das Prasseln des Feuers ist ohrenbetäubend. Schwarzer Rauch zieht über das Kopfsteinpflaster des Hofs und die nahen Raps-felder. Der alte Fendt-Traktor ragt ebenso als ausgeglühtes Wrack aus den Flammen wie der Ford, der auf Backsteinen gestützt vor sich hin rostete. Alles offenbar übergossen mit Brandbeschleuniger. Der Biohof stirbt.

»Wo ist Sarah?« Harms packt den hustenden Lüders am Arm. »Wo ist das Mädchen?«

Der Blumenhändler reißt sich los.

»Keine Chance. Zu spät.«

»Wo ist sie?«

»Im linken Schuppen. Ganz hinten.«

Der Schuppen brennt bereits lichterloh. An der Seiten-wand steht ein Anhänger mit alten Autoreifen, aus dem der giftige schwarze Rauch quillt. Harms nimmt seine letzten Kräfte zusammen und sprintet los. Es ist mehr ein hilfloses Stolpern, das T-Shirt vor den Mund gepresst.

»Das ist Wahnsinn, Paul! Komm zurück!« Halit Erkin. Harms hört nicht auf ihn.

Die Tür des Schuppens ist ebenfalls mit einem einfachen Riegel gesichert. Der Friedhofsgärtner spürt nicht, wie er sich an dem heißen Metall die Finger verbrennt. Drinnen ist alles voller Rauch. Aber keine Flammen. Vielleicht …

»Sarah!« Keine Antwort. Im Schuppen ganz hinten, hat Lüders gesagt. Harms lässt sich zu Boden fallen und robbt auf allen vieren weiter. Er hält die Luft an, seine Lungen brennen. Der Feuerschein von draußen färbt die unverputz-ten Wände rot und lässt ihn zumindest die Umrisse einer Tür erkennen. Wieder ein Metallriegel. Harms zieht sich an der rauen Wand hoch und schiebt den Riegel mit blutenden

Händen zur Seite. Die Tür. Ein schmaler Raum, auf den ersten Blick leer.

Im rötlichen Halbdunkel sieht er schließlich eine Gestalt am Boden liegen. Auf dem Bauch, die Arme unnatürlich zur Seite verdreht. Reglos.

»Sarah!« Er glaubt zu schreien, und krächzt nur. Dann wird alles schwarz um ihn.

Montag, 20. Juni: *Der Morgen graut, und Harms graut es vor dem Morgen*

»Paul, du bist ein Idiot!« Karla drückt ihm einen Kuss auf die schütteren rußgeschwärzten Haare. »Euch Männer kann man nicht mal fünf Minuten allein lassen.«

Harms will protestieren, aber die Sauerstoffmaske verhindert ausführliche Diskussionen. Auch seine verbundenen Hände sind momentan nicht mal für Zeichensprache zu gebrauchen. Also rollt er mit den Augen.

»Halit und der alte Lüders haben euch gerade noch rechtzeitig rausgeholt. Sie werden nebenan versorgt.«

Die Hecktür des Rettungswagens steht offen, also versucht der Friedhofsgärtner, einen Blick auf die Spuren des Infernos zu erhaschen. Noch immer glühen kleine Brandherde hinter den eingestürzten Mauern, ihr rötlicher Schein wetteifert mit dem Blaulicht der Einsatzfahrzeuge. Die Freiwillige Feuerwehr von Kruckhorn hat offenbar Unterstützung aus den umliegenden Gemeinden erhalten, und so wimmelt es auf dem Hof von Menschen in Schutzanzügen. Trotz Sauerstoffmaske hat Harms den Geruch nach verbranntem Gummi, feuchtem Holz und Benzin in der Nase. Aus den Funkgeräten knistern unverständliche Kommandos, das Prasseln des Löschwassers übertönt die Rufe der Helfer. Drei Druckschläuche sind weiterhin auf das Hauptgebäude gerichtet, um weiteren Funkenflug zu verhindern. Zu retten gibt es nichts. Auch von den beiden Schuppen stehen nur die Grundmauern.

Die Notarztwagen parken etwas abseits auf dem abgesperrten Feldweg. Von dort beobachtet Paul Harms, wie sich aus dem Gewimmel der Einsatzkräfte zwei vertraute Gestalten lösen. Uwe Jensen, dessen struppige rote Haare unter einem gelben Sicherheitshelm stecken, und Katja Koch in einer neonfarbenen Rettungsweste. Das Riesenbaby und Godzilla.

Karla Harms folgt seinem Blick mit den Augen. Sie drückt ihn sanft, aber bestimmt zurück in die Kissen der Fahrtrage und gibt ihm einen Kuss aufs rechte Ohr. Ihre Zöpfe kitzeln.

»Als Uwe dich nicht übers Handy erreichen konnte, hat er mich angerufen. Den Rest kannst du dir denken.«

Jetzt reißt sich Harms doch die Sauerstoffmaske vom Gesicht.

»Mariella hat nichts weitergegeben, oder?« Seine Stimme ist nur ein raues Flüstern. Er hustet.

»Hat sie nicht. Ich fürchte, auf das BKA wartet viel Arbeit.«

Der ehemalige Kriminalhauptkommissar schließt die Augen. Ermittlungen gegen Mariella Pelanda, die Suche nach Thorsten Lüders und seinen Leuten, die Pläne der rechten Esoteriksekte. Eine mögliche Todesliste. Brandstiftung mit versuchtem Mord.

185

»Das ist nicht mehr deine Sache, Dummerchen. Dein Platz ist auf dem Friedhof.« Karla lacht etwas zu laut auf. »Du weißt, was ich meine.«

Er weiß, was sie meint. Tatsächlich sehnt er sich nach seinen Stiefmütterchen, Eisbegonien und Golderdbeeren, nach Heidekraut und Trauerbuchen, nach Porzellanengeln und Grabsteinen mit der goldenen Inschrift »Für immer unvergessen« und sogar nach den trostlosen Buchsbaumhecken. Er will kein Held mehr sein. Er will vergessen. Möglichst für immer.

»Wie geht's, Paul?« Uwe Jensens Stimme klingt wie aus weiter Ferne. Und mal wieder so einfühlsam, wie es sich für ein Riesenbaby gehört. »Die haben ganze Arbeit geleistet. In den Trümmern wird nicht mal die Spurensicherung des BKA etwas Verwertbares finden.«

Harms lässt die Augen geschlossen.

»Nur gut, dass der alte Lüders auspacken will. Nachdem sein Sohn den Biohof abgefackelt hat, wird ihm die Sache endgültig zu heiß. Sieht so aus, als würden bereits einige Anschläge auf das Konto der Sekte gehen. Ein Schuppen hier diente als Waffenlager.«

Harms reagiert nicht. Karla schickt seinen ehemaligen Kollegen mit einem energischen Wink zurück zwischen die geschäftig umherhuschenden Einsatzkräfte. Dort wartet schon Katja Koch.

»Sarah?« Nur dieses eine Wort. Als Karla nicht antwortet, öffnet Harms wieder die Augen. »Was ist mit Sarah?«

Sie zuckt mit den Schultern.

»Ich weiß es nicht. Die Ärzte sagen, ihr Zustand ist sehr

kritisch. Sie wurde mit einem Hubschrauber ins nächste Kreiskrankenhaus geflogen. Wir können nur hoffen, dass sie durchkommt.«

Sarah Rasmussen. In seinem Lieblingssessel am Fenster, den Rücken nicht angelehnt, die Knie zusammengepresst. Wie zerbrechlich sie wirkte. Kurze schwarze Haare, eine kleine Nase, die Augen zu dicht zusammen. Ihre Hände lang und erschreckend dünn. Auf dem Friedhof, mit Gartenhandschuhen und einem viel zu weiten Gärtneroverall über ihrem kurzen schwarzen Kleid. Der flüchtige Kuss. Am Strand, mit den Schuhen in der Hand. Wie sie den Wellen folgte. Hinaus aufs Meer, zurück an den Strand, wieder hinaus aufs Meer, das Wasser bis über die Knöchel. Ihr Rufen ging im Tosen des Sturms und des Meeres unter. Wie ein Kind. Ihre leuchtenden Augen im Polizeikommissariat.

»Ich will nach Hause«, flüstert Harms. »Kochst du mir Bohnen, Birnen und Speck?«

Karla versucht, ihn trotz Sauerstoffmaske und angeschlossenen Schläuchen zu umarmen.

»Nach dem Rezept von Lisa Krogmann? Was immer du willst, Paul.«

Etwas brennt in seinen Augen. Vielleicht ist es der Rauch, vielleicht sind es Tränen.

EPILOG

Mittwoch, 23. Juni: *Das Riesenbaby bringt Lilien, und Harms bringt eine junge Frau zum Schmelzen*

Der Krankenhausflur sieht aus wie jeder Krankenhausflur, den Paul Harms bislang betreten musste. Blankgescheuerter Boden, auf dem die Schuhsohlen quietschen. Metallschienen an den weißen Wänden, damit die Rollbetten nicht den Putz beschädigen. Hinter einer Glasscheibe bewegen sich die Stationsschwestern wie in einem gigantischen Aquarium. Nur die Bilder zwischen den grauen Türen bringen etwas Leben in den Alltag. Meermotive. Wellen, die sich unter einem wolkenverhangenen Himmel auftürmen, ein Strand mit schmalem Holzsteg, ein Leuchtturm in der Ferne.

Sie warten vor Zimmer 11. Uwe Jensen umklammert mit seinen großen Händen einen Lilienstrauß. Die sonst so struppigen roten Haare hat das Riesenbaby sorgfältig nach hinten gekämmt. Ausgerechnet Lilien. Harms seufzt, zieht die Nase kraus und wirft seinem ehemaligen Kollegen einen verzweifelten Blick zu. Man muss kein erfahrener Friedhofsgärtner sein, um zu wissen, dass Lilien einen unerträglich intensiven Duft verströmen. Jensen wird seinen Strauß wieder mit nach Hause nehmen müssen.

Im Warteraum mit dem Wasserspender hat Harms

die Rasmussens erspäht. Sarahs Vater trägt wieder einen schlechtsitzenden schwarzen Anzug und polierte Schuhe, ihre Mutter einen schwarzen, zu kurzen Rock und Stiefel mit zu hohen Absätzen. Der ehemalige Kriminalhauptkommissar ist überzeugt, dass es sich um dieselbe Kleidung handelt wie damals bei der Beerdigung.

Das rote Licht über der Tür erlischt, und die Schwester der Frühschicht verlässt mit ihrem Wägelchen voller Messgeräten das Zimmer. Sie nickt den beiden kurz zu.

»Sie können jetzt zu ihr. Aber nicht lange.«

Die Rasmussens müssen warten. Uwe Jensens Polizeiausweis bewirkt manchmal Wunder.

Sarah hat ein Zweierzimmer für sich allein. Das andere Bett am Fenster ist leer und mit einer durchsichtigen Schutzfolie überzogen wie Obst im Supermarkt. Harms erschrickt bei ihrem Anblick. Die junge Frau wirkt noch zerbrechlicher als beim ersten Treffen. Die kurzen schwarzen Haare liegen verklebt auf dem Kissen, direkt vor ihrer kleinen Nase baumelt der Notknopf mit dem Schwesternruf. Die Hände, die sie auf der schmal gestreiften Bettdecke ausstreckt, sind lang und dünn. Vom rechten Handrücken führt ein Schlauch zum Tropf, aus dem langsam eine klare Flüssigkeit in ihre Adern rinnt.

Sarah sieht die beiden Besucher aus großen Augen an.

»Aber ich habe doch schon alles gesagt, was ich weiß.«

Harms lacht.

»Deshalb sind wir auch nicht hier. Unser Besuch ist rein privat.«

Wie zur Bekräftigung streckt Uwe Jensen ihr den Lilienstrauß entgegen, verbirgt ihn aber wieder hinter seinem Rücken, als Sarah sofort die Nase kräuselt. Inzwischen holt Paul Harms aus seiner Umhängetasche eine XXL-Goldtüte Goufrais Schokoladentrüffel hervor und ein Buch: »Maigret als möblierter Herr«. Sarahs Augen leuchten. Im Stillen bedankt sich der Friedhofsgärtner bei seiner Geschenkeberaterin Karla. Sie wäre auch gern mitgekommen, hat aber selbst Dienst im Krankenhaus.

»Wurde Thorsten Lüders schon gefasst? Ich meine ...« Die weiteren Worte gehen in einer Hustenattacke unter. Sarah will den rechten Arm heben, aber die Kanüle im Handrücken sorgt offenbar für einen stechenden Schmerz. Noch sind die Folgen der Rauchgasvergiftung nicht ausgeheilt. Kohlenmonoxid, Zyanid, das Gift aus den Reifen, heiße Gase, die Mund und Rachen verbrennen – Karla hat ihm die Gefahren in allen Einzelheiten erklärt. Er will es gar nicht so genau wissen. Schließlich ist er selbst nur knapp dem Feuer entkommen.

»Das BKA fahndet bundesweit nach Lüders«, sagt Jensen. »Sie prüfen gerade alle Immobiliengeschäfte, die der Anwalt Kuczinski für ihn getätigt haben könnte. Höchste Priorität. Sein Vater hat von geplanten Anschlägen auf Bundesinstitutionen und Banken berichtet. Es sollen auch hochrangige Politiker auf der Liste stehen.«

»Ich weiß. Die Blauhaarige war gestern hier. Katja Koch.« Sarahs Stimme klingt rau, aber wieder fester. »Sie hat versprochen, mich immer auf dem Laufenden zu halten.«

Harms wirft seinem ehemaligen Kollegen einen kurzen Blick zu, tritt dichter ans Bett heran und drückt der zerbrechlichen Frau die Hand. Die linke, ohne Kanüle und Schlauch.

»Du kannst uns jederzeit anrufen, wenn du möchtest. Und Karla freut sich schon darauf, dass ich dir einen Kuchen backen soll.«

Jetzt lächelt Sarah sogar.

Auch das Riesenbaby drückt ihr etwas ungelenk die Hand.

»Wir räumen jetzt hier den Platz. Deine Eltern warten schon draußen.«

Täuscht sich Harms, oder huscht tatsächlich ein Schatten über das Gesicht der Frau?

An der Tür zum Krankenhausflur bleibt er stehen und blickt zurück. Sarah steckt sich gerade einen Schokoladentrüffel in den Mund.

»Herr Harms?«, nuschelt sie.

»Paul. Damals auf dem Friedhof zwischen den Begonien haben wir uns doch aufs Du geeinigt.«

»Okay, Paul.« Sie wartet, bis der Trüffel im Mund schmilzt. »Ich möchte nicht mehr als Erzieherin arbeiten. Kann ich bei dir eine Lehre als Friedhofsgärtnerin machen?«

Harms lacht.

»Das ist aber nicht immer so aufregend wie in den letzten Monaten.«

»Umso besser.«

Sarah schließt die Augen und lässt sich tiefer ins Kissen sinken. Dann greift sie nach dem zweiten Schokoladentrüffel.

ENDE

HARMS

UND DER TOTE ZWISCHEN APFELBÄUMEN

Das Blut färbt die Äpfel rot. Offenbar hat er beim Fallen den jungen Apfelbaum umklammert und mit zu Boden gerissen. Zwischen den grünen Blättern auf seiner Brust ragt der elfenbeinfarbene Griff eines Messers hervor. Der Mann liegt auf dem Rücken, die Beine unnatürlich angewinkelt. Auf dem Gras zwischen den Baumreihen glitzern Regentropfen. Vielleicht hat er als Letztes die nahen Dächer der Fachwerkhäuser, das alte Krantor und den Turm der Michaeliskirche gesehen. Jetzt blicken seine leeren Augen in den Himmel über Lübenburg.

»Und?«, fragt Mario Kerner. Harms legt das Foto zurück und klappt die Akte zu. Es fällt ihm schwer, diesen Anblick zu ertragen. Schließlich ist es Karlas Schwager, der da tot zwischen den Apfelbäumen liegt und in den Himmel starrt.

»Das kann nur ein Verrückter gewesen sein«, sagt Harms. »Wer sollte schon Sebastian umbringen?«

»Genau das will ich ja von dir wissen.« Kriminalhauptkommissar Kerner nippt an seinem Kellerbier. Schon kurios, dass ausgerechnet er die Ermittlungen leitet. Vor 30 Jahren sind sie zusammen zur Schule gegangen. Sie saßen nebeneinander, spielten in der Pause Fußball, halfen sich gegenseitig bei den Hausarbeiten. Ihm verdankt Harms eine Eins in der Abi-Klausur, eine Narbe am linken Knie und das erste Rendezvous mit seiner Frau Karla. Jetzt sind sie Polizeikollegen, nur durch 70 Kilometer und 35 Minuten Autobahnfahrt getrennt. Genauer gesagt: Sie wären Polizeikollegen, hätte Harms den Dienst nicht quittiert, um als Friedhofsgärtner zu arbeiten.

»Du stellst also unsere Standardfrage: Hatte er Feinde?« Sein Lächeln fällt nicht überzeugend aus. »Und ich antworte: Keine Ahnung. Seit die Familie hier in Lübenburg wohnt, haben wir fast keinen Kontakt mehr. Mal ein Gruß zum Geburtstag oder zu Weihnachten. Lief mäßig zwischen uns.«

Kerner hustet und bestellt noch ein Bier. Paul Harms ist froh, dass sie das Gespräch nicht offiziell im Kommissariat führen, sondern an den rustikalen Holztischen im Gasthof. Auch wenn die dunkle Wandtäfelung und die mit Galeonsfiguren und Ankern geschmückten Deckenlampen etwas bedrückend wirken.

»Deine Trauer hält sich also in Grenzen.«

»Das habe ich nicht gesagt. Aber Sebastian ist mir immer fremder geworden in all den Jahren.«

»Vielleicht wurde er zufällig Opfer eines Überfalls«, sagt Kerner, während er mit der rechten Hand den rot-weiß gemusterten Tischläufer glattstreicht. »Aber ich will offen zu dir sein: Wir ermitteln auch gegen Karlas Schwester Melanie.«

»Warum sollte sie Sebastian umbringen? Du kennst sie doch. Die beiden waren glücklich.«

Der Lübenburger Ermittler zuckt mit den Schultern. Dann nimmt er zwei weitere Fotos aus der grauen Akte und schiebt sie Harms rüber.

Der schwarze Mercedes W 120 steht im Schatten des Krantores. Fast zierlich sieht der Wagen aus vor den klobigen Hafenspeichern aus hellem Stein. Lübenburg Classics, die Oldtimerausfahrt. Sebastian lehnt am linken Kotflügel und lacht. Melanie lacht nicht. Ihre rechte Hand umklammert den Gurt ihrer Umhängetasche. Die Kinder sitzen trotz der Aprilkälte auf dem Kopfsteinpflaster. Paula, die Älteste, legt ihre Arme um Lara und Lynn. Paula ist jetzt 14. Merkwürdigerweise haben alle drei die Augen geschlossen. Der Torbogen hinter ihnen gibt den Blick frei auf die Altstadt mit ihren Fachwerkfassaden und weitere auf Hochglanz polierte Oldtimer.

Wieder verflucht Harms seine Gabe, alles so zu erleben, als wäre er dabei gewesen. Was er liest, was er hört, was er auf einem Foto entdeckt. Es tut weh, den Kindern in die versteinerten Gesichter zu sehen. Für seinen Ex-Kollegen und Freund ist es hoffentlich nicht mehr als nur ein Bild.

»Willst du behaupten, die Familie sieht nicht glücklich aus, Mario?«

»Laut Aussage von Nachbarn wirkten die Kinder manchmal verstört.« Er steckt die Fotos zurück in die Akte. »Auch Paulas Lehrerin fand einiges am Verhalten des ältesten Mädchens merkwürdig.«

»Paula war schon immer ein stilles Kind.«

»Deshalb hat Melanie sie wohl auch nach dir benannt, Paul, oder?« Er grinst, wird aber sofort wieder ernst. »Wir ermitteln halt in alle Richtungen. Irgendwas passt bei dem Fall nicht zusammen.«

»Keine Spuren?«

»Du kennst die Gegend doch. Zwischen den Baumreihen wächst hohes Gras. Und die ganze Nacht über hat es geregnet. Hoffnungslos, da verwertbare Spuren zu finden.«

Mario Kerner starrt bekümmert in sein leeres Bierglas, während Harms plötzlich verführerischer Küchenduft in die Nase steigt. Das Essen naht. Er weiß zwar nicht, ob ihm Heidjer Knipp in Apfel-Zwiebel-Schmalz mit Bratkartoffeln unter den gegebenen Umständen schmecken werden, aber er will es versuchen.

»Lass uns nach dem Essen gehen«, sagt Kerner. »Ich möchte dir etwas zeigen.« Dann bestellt er sich noch ein Kellerbier.

Sie lehnt am Holzgeländer der schmalen Fußgängerbrücke, die von der Altstadt zu den Apfelhöfen führt. Ihr rotes Sommerkleid leuchtet, ihre Augen liegen verborgen hinter der zu großen Sonnenbrille. Viel Wasser führt der Lübenbach nicht in dieser Julihitze. Auch das spärliche Gras auf dem Weg ist braun und verdorrt. Die Bäume spenden kaum Schatten. Tiefe senkrechte Falten zeichnen sich über ihrer Nase ab, weil sie vermutlich trotz Sonnenbrille die Augen zusammenkneift. Die dunkelblonden Haare hat sie im Nacken zusammengebunden. Am Himmel über ihr zieht eine einsame Wolke durch das Blau.

Harms kennt das Foto. Melanie hat es Karla im letzten Sommer geschickt, und damals ahnte er noch nicht, warum sie die zu große Sonnenbrille trug. Heute weiß er es. Zu spät. Harms hat Sebastian immer für seine Ruhe und Besonnenheit bewundert. Wie kann sich ein Mensch nur so verändern?

»Warum zeigst du mir das Foto?«, fragt der ehemalige Kriminalhauptkommissar. Sein niedersächsischer Kollege lehnt am selben Geländer der Fußgängerbrücke wie damals Melanie und lässt ein trockenes Blatt in den Schlamm des Lübenbachs segeln. Dann nimmt er Harms das Bild aus der Hand, um es wieder in die Ermittlungsakte zu stecken.

»Komm, weiter zu den Apfelhöfen«, sagt er nur. Sie biegen nach rechts ab, gehen schweigend nebeneinander her, bis auf der linken Seite die Obstbäume auftauchen. In Reih und Glied stehen sie da, alle fast gleich hoch, nackte knorrige Stämme, über denen das dichte Grün der Blätter beginnt. Das Unkraut wurde sorgfältig gejätet, nur zwischen den Reihen wächst Gras. Zu hohes Gras. Ein rot-weißes Absperrband flattert im Wind.

»Hier ist es also passiert.«

Mario Kerner nickt. Er geht die letzten Schritte bis zum Absperrband, dreht sich dann um und blickt Harms an.

»Kaum vorstellbar, dass hier ein Mörder gelauert haben soll, oder?«

Harms zuckt nur mit den Schultern.

»Die Nachbarn sagen, Sebastian war oft hier am Abend. Ist den Weg von der Altstadt an den Apfelbäumen vorbei zur Schulstraße gegangen. Auch in jener Nacht.«

Plötzlich sieht Harms wieder das Polizeifoto vom Tatort vor sich.

Das Blut färbt die Äpfel rot. Offenbar hat er beim Fallen den jungen Apfelbaum umklammert und mit zu Boden gerissen. Zwischen den grünen Blättern auf seiner Brust ragt der elfenbeinfarbene Griff eines Messers hervor. Der Mann liegt auf dem Rücken, die Beine unnatürlich angewinkelt. Auf dem Gras zwischen den Baumreihen glitzern Regentropfen.

Er sieht auch wieder das Bild mit den Kindern vorm Krantor. Wie sie trotz der Aprilkälte auf dem Kopfsteinpflaster sitzen. Wie Paula, die Älteste, ihre Arme um Lara und Lynn legt. Es gibt noch andere Fotos. Doch an die möchte er nicht denken.

»Worauf wartest du?«, fragt Mario Kerner und hebt das rot-weiße Absperrband an. »Ich möchte dir die genaue Stelle zeigen.«

»Nein. Das tut weh. Lass uns in die Stadt zurückgehen.«

Kerner atmet tief ein, lächelt und folgt ihm dann über den Feldweg zur kleinen Brücke über den Lübenbach.

»Ich stecke da ein wenig in der Klemme«, gibt er zu, als sie sich wieder im Gewirr der Altstadtgassen befinden. Ihre Schritte auf dem Kopfsteinpflaster hallen unnatürlich laut von den herausgeputzten Fassaden wider. »Die Überfallversion wäre am einfachsten. Aber sie passt nicht. Und Melanie leugnet, etwas mit dem Tod ihres Mannes zu tun zu haben.«

»Hat sie auch nicht.«

»Vielleicht. Trotzdem stimmt was nicht mit der angeblich so heilen Familienwelt.«

Jetzt sieht er doch wieder die Fotos vor sich, an die er nicht denken möchte. Fotos, die Melanie ihm in ihrer Verzweiflung geschickt hat. Fotos von Paula, Lara und Lynn. Mit Sebastian. Eindeutige und erschreckende Fotos. Sie hat sie ihm geschickt, als er bereits tot zwischen den Apfelbäumen lag. Und ihn um Hilfe angefleht. Er ist zwar nicht mehr im Dienst und hätte hier in Lübenburg sowieso keine Kompetenzen, doch an wen sollte sie sich sonst wenden?

»Ich spüre einfach, dass sie etwas mit der Sache zu tun hat«, sagt Mario Kerner. »Aber ich will es nicht. Verstehst du also, in welcher Klemme ich stecke?«

Sie haben mittlerweile den Lindenplatz erreicht. Kerner setzt sich auf den Rand des Brunnens und lässt seine rechte Hand ins kühle Wasser gleiten. Er blickt Harms jetzt nicht an. Aus dem Landgasthof mit seinen schwarz-weißen Fachwerkmauern dringt lautes Lachen auf den Platz.

»Sie ist unschuldig, Mario. Das schwöre ich dir.«

»Woher willst du das wissen?«

»Ich weiß es einfach.«

Von Kerners Hand fallen Tropfen zurück in den Brunnen. Auf der Wasseroberfläche breiten sich Kreise aus. Fast als hätten Tränen diese Spuren hinterlassen.

Tränen. Paul Harms ahnt die Tränen in den Gesichtern von Paula, Lara und Lynn. Er sieht das Messer mit dem elfenbeinfarbenen Griff in ihren Händen. Drei Kinder zwischen Apfelbäumen, Mondlicht in den blassen Gesichtern.

Niemand wird je von den entsetzlichen Fotos erfahren, die dazu führen konnten. Harms hat sie vernichtet.

HARMS

UND DIE REISE
NACH MALLORCA

Paul Harms sitzt auf einem rauen Felsblock, massiert seine schmerzenden Füße und blickt hinab ins Tal. Die Sonne hat das spärlich wachsende Gras verbrannt. Graues, zerklüftetes Gestein türmt sich zu seiner Rechten auf. In der Ferne schimmert es blau. Himmel oder Meer? Wenn auf den Wegweiserpfahl Verlass ist, brauchen sie noch 25 Minuten bis zum Puig de Galatzó.

Zum wiederholten Mal fragt sich der ehemalige Kriminalhauptkommissar, warum er nicht wie jedes Jahr mit seiner Frau an die Nordsee gefahren ist. Stattdessen Mallorca. Karla hat nur mit den Augen gerollt und widerwillig ihre Urlaubspläne geändert.

»Paul, du brauchst mehr Abstand zu deinen alten Fällen«, hat sie gesagt. »Sonst gehst du kaputt.« Sie hat recht. Nicht nur, weil sie als Seelsorgerin im Krankenhaus arbeitet, sondern weil sie ihn liebt und besser kennt als jeder andere.

Beide mögen keine Berge. Beide mögen keine Rucksäcke. Beide mögen keine Wanderschuhe. Der Fall geht Harms offiziell sowieso nichts mehr an.

Aber da ist diese andere Frau mit den leeren Augen, die ihn nicht loslässt. Annika.

Auch sie blickt jetzt ins Tal. Er ist sich allerdings nicht sicher, ob sie wirklich etwas wahrnimmt von dieser so kargen, wildromantischen Umgebung.

»Hier haben sie damals Rast gemacht, nicht wahr?«, fragt sie, ohne eine Antwort zu erwarten. »Hier haben sie gesessen. Genau hier.« Annika öffnet ihren Rucksack und holt die Schüssel mit der Paella con pollo y gambas heraus. Dabei blickt sie weiter in die Ferne.

»Sie haben hier Paella gegessen, nicht wahr?«, fragt sie. Ihr Haar ist stumpf geworden in den letzten Jahren, das dunkle Blond durchzogen von Grau. Harms fällt ihre starre Haltung auf. Das Gesicht wirkt strenger und schmaler. Das Blau ihrer Augen scheint verblasst. Alles an ihr ist grau. Die Haut, die Jacke, die Wanderschuhe. So, als wären daraus seit damals sämtliche Farben gewichen.

Mit einer Plastikgabel stochert Annika in ihrer Paella herum. Dem ehemaligen Ermittler aus der Heimat bietet sie nichts an. Vielleicht hat sie sogar vergessen, dass er da ist.

»Hier haben Zeugen die beiden zum letzten Mal gesehen«, bestätigt er und rückt die Mütze zurecht, die seine schütteren Haare vor der Sonne schützen soll. »So steht es jedenfalls im Protokoll der spanischen Kollegen.«

Annika spießt eine Garnele auf und betrachtet sie lange. Sie isst nichts, sondern verschließt die Plastikschüssel wieder mit dem Deckel und verstaut sie sorgfältig in ihrem Rucksack. Stattdessen holt sie ein abgegriffenes Schreibheft hervor. Zeitungsausschnitte. Akkurat eingeklebt, auf jeder

Seite mit Datum und persönlichen Anmerkungen versehen. Die Chronik eines Verbrechens, das Harms bis heute nicht versteht.

Drama um Familie M. auf Mallorca
Mord oder Selbstmord?
Die Polizei rätselt

Zwölf Tage sind bereits seit ihrem Verschwinden vergangen – und von Matthias (45) und Lena M. (11) aus Kollbek fehlt noch immer jede Spur. Mutter Annika M. (42) befürchtet, dass Ehemann und Tochter einem Verbrechen zum Opfer gefallen sind.

Die Polizei auf Mallorca steht vor einem Rätsel. Bislang konnten die Ermittler nichts entdecken, was als Spur zu den Vermissten führen könnte. M. habe keinen Abschiedsbrief hinterlassen. Im Ferienhaus der Familie hätten die spanischen Fahnder ebenfalls keine Indizien entdeckt.

»Ein erweiterter Suizid ist trotzdem nicht ausgeschlossen«, sagt Polizeisprecher Manuel Kramer. Das heißt übersetzt: Der Täter nimmt ihm nahestehende Menschen mit in den Tod – ohne deren Einverständnis.

Gründe sind oft wirtschaftliche Probleme, schwere Krankheiten oder eine Trennung. Doch auch ein mögliches Verbrechen zieht die Polizei weiterhin in Betracht.

»Wir haben keinerlei Hinweise auf das, was geschehen sein könnte«, sagt Kramer. Annika M. befindet sich seit den dramatischen Ereignissen in psychologischer Behandlung. Die Frau steht sichtlich unter Schock.

»Danke, dass Sie gekommen sind«, sagt sie. »Die Polizei hier unternimmt nichts mehr.«

Soll er klarstellen, dass auch er nichts mehr machen kann? Die gemeinsame Sonderkommission ist längst offiziell aufgelöst. Harms arbeitet nicht mehr bei der Polizei, ist privat auf Mallorca und weiß noch nicht mal, warum eigentlich. Vielleicht ist es sogar ein wenig Neugier. Seit der ersten und einzigen Begegnung vor fast drei Jahr geht ihm Annika nicht mehr aus dem Kopf. Noch nie hat er bei seinen Fällen eine derart gebrochene Frau erlebt. Da waren Menschen, die still trauerten, andere, die vor Verzweiflung schrien. Er hat Tränen gesehen, Gleichgültigkeit, Angst, Wut, hysterisches Lachen. Aber so eine Starre?

Von den spanischen Kollegen weiß er, dass Annika seit damals in Galilea am Fuß des Puig de Galatzó lebt. Wenn man das leben nennen kann.

Paul Harms steht auf und geht ein paar Schritte über den ausgetrockneten rotbraunen Boden. Sein linker Fuß stößt schmerzhaft gegen einen der zahllosen Steinbrocken, mit denen die Landschaft übersät ist. Die in den blauen Himmel ragenden Felsen wirken fast ein wenig unheimlich.

Annika starrt weiter in die Ferne. Wie versteinert sitzt sie da, den Kopf zwischen die Schultern gezogen, die Hände zu Fäusten geballt, den Rucksack neben sich. Der warme Wind spielt mit dem Schreibheft am Boden und blättert die Seiten um.

Laut Protokoll war sie an dem schicksalhaften Tag zurückgeblieben in Galilea, weil sie sich auf dem Kirchplatz des Dorfes den Fuß verstaucht hatte. Matthias und Lena waren weitergefahren bis nach Puigpunyent, um von dort zum Puig de Galatzó zu wandern. Sie kehrten nie zurück.

Aus den Gesprächen mit Polizisten vor Ort weiß Paul Harms, dass Annika seitdem die Gegend nicht mehr verlassen hat. Ihr Tagesablauf ist stets geradezu gespenstisch gleich. Der Friedhofsgärtner schließt die Augen und sieht sofort alles vor sich.

Wie jeden Morgen geht sie durch die steilen, verwinkelten Gassen des Dorfes, vorbei an Pinien, Palmen und kleinen Gärten. Sie lehnt an den Mauern der Häuser, die direkt aus dem Hügel zu wachsen scheinen. Sie wandert über die mächtigen Terrassen. Am Mittag sitzt sie auf der Steinbank vor der Kirche, dessen Turm mit dem spitzen roten Dach alles überragt. Am Nachmittag macht sie sich auf den Weg zum Puig de Galatzó, eine Schüssel mit Paella con pollo y gambas im Rucksack. Genau wie damals Mann und Tochter. Und genau wie die beiden macht sie Rast und blickt hinab ins Tal. Tag für Tag.

Seine besondere Gabe ist Fluch und Segen zugleich. Manchmal sieht Harms alles, was er gelesen oder gehört hat, wie einen Film in seinem Kopf. Jede Bewegung Annikas, ihr blasses Gesicht beim Weg durch das mallorquinische Dorf. Trotz der Hitze auf dem schattenlosen Weg spürt er plötzlich eine Gänsehaut.

»Wenn ich es nicht mehr aushalte mit diesen Bildern von all den Verbrechen, schmeiß ich hin«, hat Harms eines Tages zu Karla gesagt. »Ich kann ja immer noch in meinem alten Beruf als Friedhofsgärtner arbeiten.«

Karla hat nicht gelacht. Sie wusste, wie ernst es ihm war.

Jetzt muss er sich wieder ablenken, um den Film in seinem Kopf zu vertreiben. Vergeblich.

Familiendrama befürchtet
Wo sind Matthias und Lena M.?
Die Fakten zu dem mysteriösen Fall.

Das Schicksal der Familie M. hält die Polizei auf Mallorca weiter in Atem. Vater Matthias (45) und Tochter Lena (11) waren vor sechs Wochen in der Nähe des Dorfes Galilea spurlos verschwunden. Mit Hochdruck suchten die Einsatzkräfte unter Mithilfe von Hubschraubern und Spürhunden die gesamte Umgebung ab. Anwohner sollen die Vermissten am frühen Sonntagnachmittag auf dem Wanderweg zum Puig de Galatzó gesehen haben. Die Polizei hat eine Sonderkommission gebildet, an der auch deutsche Ermittler beteiligt sind. Diese nehmen unter anderem das private und berufliche Umfeld der Familie unter die Lupe. Bislang gingen einige Hinweise ein, die aber keine konkrete Spur ergaben.

Bei der Suche nach einem Motiv werden nach Polizeiangaben auch Trennungsabsichten des Ehemanns Matthias M. in Betracht gezogen. »Möglicherweise ist Matthias M. mit seiner Tochter untergetaucht, um ein neues Leben anzufangen. Es ist leider so, dass manche Frauen sich nicht damit abfinden können, wenn es eine Trennung gegen ihren Willen geben soll«, erklärt der zuständige Kriminalhauptkommissar Paul Harms, der in engem Kontakt mit den spanischen Kollegen ermittelt.

Er hätte ihr jetzt gern einen Arm um die Schulter gelegt, aber das geht natürlich nicht. Also setzt er sich einfach nur neben sie. Die Schritte einer Wandergruppe stören die Stille. Steinchen knirschen unter dicken Sohlen, die Spitzen der Wanderstöcke bohren sich in den Boden. Ein Mann in kurzen grauen Hosen und neongrüner Wetterjacke grüßt stumm. Eine Frau kichert. Eine andere flucht, als sie über eine Wurzel stolpert. Es klingt fränkisch.

»Ich bin schuld an ihrem Tod«, sagt Annika, als die Wanderer wieder in der Ferne verschwunden sind.

»Unsinn. Wir wissen zwar nicht, was damals wirklich passiert ist, aber von Schuld kann keine Rede sein.« Seine Stimme klingt heiser und nicht so überzeugend, wie er das gerne hätte. Karla hat damals genau wie der Kriminalpsychologe auch das sogenannte Medea-Syndrom ins Spiel gebracht: In der griechischen Sage tötet Medea ihre eigenen Kinder, um sich an deren Vater zu rächen, der sie verlassen hat. Im vorliegenden Fall, so hat Karla erklärt, könnte es ähnlich sein. Der Ehemann bringt sich und seine Tochter als besondere Bestrafung für die Frau um. Er lässt sie bewusst im Unklaren, damit sie verzweifelt. Das Schicksal der Vermissten bleibt ungewiss, sie kann keinen Abschied nehmen. Falls die Experten recht haben sollten, ist dieser Plan aufgegangen.

»Ich bin schuld«, wiederholt Annika. »Ich ganz allein.« Sie blickt ihm zum ersten Mal richtig in die Augen, die schmalen Lippen verziehen sich zu einem Lächeln.

»Weil er sich von Ihnen trennen wollte?«, fragt Harms. Die Ermittlungen haben zwar keine eindeutigen Indizien für eine Affäre oder neue Beziehung ergeben, aber eine Unsicherheit bleibt. Jetzt lacht sie sogar. Dabei wird ihre Nase noch spitzer, ihre Haut noch grauer.

»Nein, weil ich mich von ihm trennen wollte.«

Wieder fegt ein warmer Windhauch über die Felsen und blättert die Seiten des abgegriffenen Schreibheftes um. Eingeklebte Zettel fallen ihm auf. Es sind keine Zeitungsausschnitte. Ein Brief. Die Handschrift kraftvoll und männlich. Die wenigen Sätze beginnen mit »Liebe Annika« und enden mit der Unterschrift Bernd und einem durchgestrichenen Herz. Am Rand der Seite immer wieder dasselbe Wort in roter Tinte: Nein! Nein! Nein! Nein! Nein! Nein! Nein! Nein!

Harms beugt sich über das Schreibheft und entziffert das Datum: drei Tage nach dem mysteriösen Verschwinden. »Er hat einfach Schluss gemacht«, sagt Annika. »Als hätte es unsere Liebe nie gegeben.«

Paul Harms versucht, an etwas anderes zu denken und sieht trotzdem, wie Annika ihrem Mann die neue Beziehung beichtet und ihn um eine Trennung bittet. Er sieht Matthias und Lena auf dem schmalen Wanderweg zum Puig de Galatzó. Rechts die zerklüfteten Felsen, die im Licht der Sonne glühen, links der Abgrund. Das Medea-Syndrom. Ob man ihre Leichen jemals finden wird?

»Wir sind alle drei umsonst gestorben«, sagt Annika. Sie steht auf und schultert ihren Rucksack. Harms hält sie nicht zurück. Soll er sie verurteilen, weil sie damals etwas verschwiegen hat? Der Wind, der sogar hier oben nach Meer riecht, klappt das Schreibheft wieder zu.